कुछ लम्हें ज़िन्दगी के

AF738432

लेखक परिचय

राजस्थान की राजधानी जयपुर शहर के एक मध्यमवर्गीय परिवार में जन्मी दीपिका जैन आजकल कोलकत्ता में सफलतापूर्वक एक गृहणी एवं लेखिका की भूमिका निभा रहीं हैं, बचपन से ही लेखन के क्षेत्र में अपनी रूचि रखने वाली दीपिका शब्दों को कहानी व कवितओं में ढालने का काम बखूबी कर लेती हैं, यह कहानी संग्रह (कुछ लम्हे ज़िदगी के) उनकी दूसरी किताब हैं, इससे पहले उनकी हिंदी कविताओं का एक संग्रह Kavyaa (A collection of Hindi Poetry) प्रकाशित हुई हैं, जो कि अमेज़ॉन एवं फ्लिपकार्ट पर उपलब्ध हैं, वो वर्तमान में एक हिंदी कविताओं का ब्लॉग एवं एक हिंदी कहानियों का ब्लॉग सफलतापूर्वक चला रहीं हैं, आप उनकी कविताओं एवं कहानियों का लुत्फ़ उनके ब्लॉग के लिंक पर क्लिक करके उठा सकते हैं, एवं उन्हें फेसबुक और ट्विटर के ज़रिए भी फॉलो कर सकते हैं।

https://aksharworld.blogspot.com/

https://shabd-sarovar.blogspot.com/

https://www.facebook.com/A-World-of-Hindi-Stories-624497684380368/?ref=bookmarks

https://www.facebook.com/Kavyaa-Hindi-Poetry-944635655566896/?ref=bookmarks

https://twitter.com/28jain_deepika

कुछ लम्हें ज़िन्दगी के

कहानी संग्रह

दीपिका जैन

अंजुमन प्रकाशन

अंजुमन प्रकाशन
942, मुट्ठीगंज, प्रयागराज-3 उत्तर प्रदेश, भारत
वेबसाइट - www.anjumanpublication.com
ईमेल - contact@anjumanpublication.com

आवरण व टाइप सेटिंग : अंजुमन प्रकाशन, प्रयागराज

ISBN : 978-93-88556-19-4

समर्पण

सब कुछ मिलता है इस दुनिया में, मगर माँ-बाप मिलते नहीं
जाने के बाद इस दुनिया से वो, फिर कभी वापिस लौटते नहीं
रहते हैं वो यादों में हर वक्त, मगर नज़र कभी आते नहीं
मिलती हैं दुआ हर कदम पे उनकी, मगर माँ-बाप मिलते नहीं

मैं अपना ये कहानी-संग्रह
अपने दिवंगत माता-पिता को समर्पित करती हूँ,
भगवान उनकी आत्मा को शांति दे।

ऐ ज़िन्दगी

ऐ ज़िन्दग़ी तू ही बता
तेरे बारे में क्या लिखूँ मैं
बैठती हूँ सोचने,
लेकिन अल्फ़ाज़ ही नहीं मिलते।

कभी दे जाती है तू मुझे ख़ुशियाँ बेशुमार,
तो कभी समझ ही नहीं आती है
मुझे तेरी बात।
कहते हैं अनजाना है
तेरा आने वाला हर लम्हा
फिर भी हो जाती हूँ बेचैन
जानने को तुझे मैं।
ऐ ज़िन्दग़ी! तू ही बता...

यूँ तो देखा है मैंने अक्सर
तुझे रूप बदलते हुए,
लेकिन रहती हूँ उत्सुक
तेरा हर रूप समझने को।
तोड़ती भी तू ही है हमें
और जोड़ती भी तू ही;
आँसू भी तू ही देती है हमें,
मुस्कान भी तू ही।
ऐ ज़िन्दगी! तू ही बता...

लेखकीय

आप मेरी ये किताब पढ़ना शुरू करें, इससे पहले मैं आपका शुक्रिया करना चाहूँगी कि आपने अपनी व्यस्त दिनचर्या से कुछ वक्त मेरी किताब पढ़ने के लिये निकाला और मुझे आगे भी ऐसे ही लिखते रहने के लिये प्रेरित किया।

इस किताब की किसी भी कहानी का, किसी व्यक्ति विशेष से कोई सम्बन्ध नहीं हैं... लेकिन जब आप इसको पढ़ेंगे तो किसी न किसी कहानी से ख़ुद को या अपने किसी जान-पहचान वाले व्यक्ति को जुड़ा हुआ पाएँगे। इस किताब की हर एक कहानी मानो एक संदेश दे रही हो कि दुनिया में हर बात के दो पहलू होते हैं- अगर कहीं बुराई है तो अच्छाई भी है... हमें सभी को एक ही नज़रिये से नहीं देखना चाहिए।

यूँ तो मुझे लिखने का शौक़ बचपन से ही था, लेकिन इस किताब को लिखने की प्रेरणा मुझे अपनी ज़िंदगी के अब तक के सफ़र से मिली। लेकिन इसका मतलब ये नहीं कि इसकी हर एक कहानी का मेरे साथ कुछ सम्बन्ध है; बल्कि ये सभी कहानियाँ पूर्ण रूप से काल्पनिक हैं और न ही मेरा इरादा इन कहानियों के ज़रिये किसी की भावनाओं को ठेस पहुँचाना है। ये तो अभी तक के जीवन-सफ़र में कुछ सुनी तो कुछ पढ़ी हुई घटनाओं को शब्दों में ढालने की कोशिश की गयी है।

इस किताब की किसी कहानी के अनुसार अगर कही बुजुर्गों का अपमान

है तो कहीं सम्मान भी है, किसी घर में लड़कियाँ बोझ हैं तो कहीं उन्हे पूजा भी जाता हैं। रिश्तों एवं दोस्ती की तो अद्भुत मिसाल पेश की गयी है। प्यार अंधा होता है, इस बात की सच्चाई को भी एक कहानी के ज़रिये पाठकों तक पहुँचाने की कोशिश की गयी है। लेकिन शराब, बैड-टच और किसी के विश्वास को तोड़ने से सम्बन्धित कहानियाँ ज़रूर मन को दु:खी करती हैं। कुल मिलाकर कहानियों का ये संग्रह आप सभी पाठकों का पर्याप्त मनोरंजन करेगा।

अगर मैं इस लेखकीय में मुझसे जुड़े उन सभी लोगों का ज़िक्र न करूँ, जिन्होंने इस किताब को लिखने की मुझे प्रेरणा दी है, तो ये लेखकीय अधूरी होगी। सबसे पहले तो मैं अपनी दोनों बेटियों अनिशा व आस्था का ज़िक्र करना चाहूँगी, जिन्होंने मेरे इस लिखने के हुनर को पहचाना एवं आगे बढ़ने के लिये प्रोत्साहित किया, इतना ही नहीं बल्कि मेरे इस हुनर को तराशा भी, मेरा ब्लॉग भी बनवाया... जिससे कि मैं ब्लॉग के ज़रिये अपने पाठकों से जुड़ सकूँ। फिर मैं अपने पति प्रदीप जैन का आभार व्यक्त करना चाहूँगी जो एक बैंक में सर्वोच्च पद पर कार्यरत हैं और अपनी बहुत ही व्यस्त दिनचर्या होने के बावजूद मुझे लगातार लेखन के क्षेत्र में आगे बढ़ने के लिए प्रोत्साहित करते हैं; इतना ही नहीं, इस किताब को प्रकाशित करने में भी उन्होंने अपना महत्त्वपूर्ण योगदान दिया हैं। और उन लोगों का धन्यवाद करना चाहूँगी जिनकी वजह से ये कहानी-संग्रह लिखने का विचार मेरे मन में आया।

आख़िर में मैं बस इतना ही कहना चाहूँगी कि आप सबके जीवन में ख़ुशियाँ ही ख़ुशियाँ हों। जिस तरह से इस संग्रह की कुछ कहानियाँ हमारे मन को दु:खी कर देती हैं, ऐसा वक़्त किसी के भी जीवन में न आये और आप इसी तरह से मेरे द्वारा लिखी गयी किताबें पढ़ते रहें और मैं यूँ ही लिखती रहूँ।

- दीपिका जैन

सारांश

नमस्कार! आप इस किताब को पढ़ना शुरू करें, इससे पहले मैं आपको इसके बारे में कुछ बताना चाहूँगी। 'कुछ लम्हे ज़िंदगी के' इक्कीस कहानियों का एक ऐसा संग्रह है, जिसमें कभी हमारे परिवार में तो कभी समाज में होने वाली अच्छी-बुरी घटनाओं का ज़िक्र किया गया है।

अक्सर हमारे सुनने में आता है कि ज़माना ख़राब हैं, यकायक किसी का विश्वास मत करो आदि। कहानी 'इण्टरनेट लव', 'शातिर चोरनी', 'किडनैपर नौकरानी', 'सच या झूठ' कुछ इस प्रकार की ही कहानियाँ हैं, जिनमें किसी न किसी को किसी न किसी रूप में मिले धोखे का ज़िक्र किया गया है... लेकिन दूसरी ओर 'इंसानियत का फ़र्ज़', 'अतिथि देवो भवः' जैसी कहानियों में समाज के सकारात्मक पहलू को दर्शाया गया है।

'महक रिश्तों की' और 'मायके का मोह' जैसी कहानियाँ रिश्तों की मज़बूती के बारे में बताती हैं। कहानी 'सावित्री बुआ' और 'माँ की ममता' में अगर बुज़ुर्गों के अपमान की बात कही गयी है तो, 'ख़ता परवरिश में', 'बेटी का प्यार' और 'फ़र्क़ नज़रिये का' जैसी कहानियों में बुजुर्गों के सम्मान की बात कही गयी है। 'बैड-टच' में अपने ही घर में अपने कज़िन के द्वारा एक बच्ची के साथ हुए दुर्व्यवहार का ज़िक्र किया गया है जहाँ 'लकी' में बेटियों को शुभ तो वहीं 'फ़ैसला' में बेटियों को बोझ बताया गया है। कहानी 'मोहब्बत, शादी के बाद' में घर की बहू को शादी के बाद किसी अन्य व्यक्ति से मोहब्बत हो जाती है तो दूसरी ओर 'अधूरा इश्क़' में एक प्रेम-कहानी अधूरी ही रह जाती है। 'जानलेवा शराब' और 'बुरी संगति', ये दोनों ही कहानियाँ शराब से होने वाले नुक़सान का ज़िक्र

करती हैं। कहानी 'कैसी है ये दोस्ती', कुछ हटकर है ये सच्ची दोस्ती की मिसाल पेश करती है।

मैं उम्मीद करती हूँ कि आपको मेरी लिखी कहानियाँ अवश्य पसंद आएँगी और आपके द्वारा उन्हें सराहा भी जायेगा। मुझे आपकी टिप्पणियों का इंतज़ार रहेगा और मैं वादा करती हूँ कि आगे इससे भी अच्छा लिखने की कोशिश करूँगी।

- दीपिका जैन

अनुक्रम

1

फ़र्क़ नज़रिये का

“अजय समझा लो तुम अपनी माँ को! मेरे लिए तो उनके साथ एक छत के नीचे रहना ही मुश्किल हो गया है; जब देखो तब छोटी-छोटी बात पर टोका-टाकी करती रहती हैं, मुझे तो लगता है तुम्हारी माँ ने क़सम खा रखी है कि वो मुझे चैन से जीने ही नहीं देंगी।” शाम को अजय के, ऑफिस से वापस आते ही अंजलि उसके सामने अपनी सास विमला की शिकायतें लेकर बैठ गयी।

“बस भी करो अंजलि, कुछ तो शर्म करो; तुम्हारा पति सुबह से घर से निकला हुआ अब थककर लौटा है, कम से कम उससे एक गिलास पानी के लिये तो पूछ लो।” अजय की आवाज़ से थकन टपक रही थी।

“हाँ लाती हूँ, लेकिन तुम अपनी माँ को समझा लेना, मुझसे बर्दाश्त नहीं होती उनकी रोज़-रोज़ की चिक-चिक।” अंजलि के जाते ही अजय कमर सीधी करने के इरादे से पलँग पर सीधा लेट गया।

“अरे बेटा आ गया ऑफिस से।” कुछ ही देर में वहाँ अजय की माँ विमला आ गयी।

“हाँ माँ, आओ बैठो।”

“नहीं बेटा तू आराम कर, वैसे आज तू कुछ ज़्यादा ही थका हुआ लग रहा है, तबीयत तो ठीक है न तेरी या ऑफिस में काम ज्यादा था?” विमला ने अजय के सिर पर हाथ फेरते हुए पूछा।

“दोनो ही बातें हैं माँ, काम भी ज़्यादा था और आज सिर में दर्द भी हो रहा है।”

"तू आराम कर, मैं तेरे लिए अदरक वाली कड़क चाय बनाकर लाती हूँ, पीते ही सिर का दर्द ग़ायब हो जाएगा।"

"नहीं माँ तुम रहने दो, चाय बनाने के लिये मैंने अंजलि को बोल दिया है।"

"अच्छा ठीक है बेटा, तू चाय पी, मैं शाम के खाने की तैयारी करती हूँ।" कहते हुए विमला जाने लगी।

"आप क्यों तक़लीफ़ कर रही हैं माँ, अंजलि है न, वो बना लेगी खाना, आप आराम कीजिए।"

"अरे बेटा आजकल की बहुओं से कहाँ इतना काम होता है; उनसे तो बस हर वक़्त टी.वी और कम्प्यूटर के सामने बैठने को बोल दो खुशी-खुशी बैठ जाएँगी, काम के नाम से तो इन्हें मौत आती है।"

"नहीं माँ ऐसी कोई बात नहीं है, बल्कि अंजलि तो बिलकुल भी ऐसी नहीं है।"

"अरे बेटा कौन कैसा है मैं तुझसे ज्यादा समझती हूँ... चल छोड़ तू इन बातों को और आराम कर।" कहते हुए विमला कमरे से बाहर निकल गयी। अजय पहले से ही ऑफिस के कामों से इतना थक चुका था कि वो और कुछ सुनने या सोचने की हालत में नहीं था। वो आँख मूँदकर लेटा रहा।

"क्या कह रही थी तुम्हारी माँ मेरे बारे में?" अचानक से अंजलि की आवाज़ सुन अजय की आँख खुल गयी।

"मैं कुछ समझा नहीं।" अजय ने अंजलि के हाथ से चाय का कप लेते हुए कहा।

"समझे नहीं या समझना नहीं चाहते?"

"अंजलि ये क्या बकवास कर रही हो और प्लीज़ मैं आज बहुत थका हुआ हूँ थोड़ा-सा आराम कर लेने दो।"

"ओहो! देखो तो जनाब को, जब इनकी माँ यहाँ बैठकर बात कर रही थीं तब इन्हें थकान नहीं हो रही थी और बीवी के आते ही थकान हो गयी।" अंजलि

ने ताना मारा।

"अंजलि देखो आज मैं बहुत थका हुआ हूँ, भगवान के लिये मुझे कुछ देर आराम कर लेने दो मैं तुम्हारे सामने हाथ जोड़ता हूँ।" अपनी बात बनती न देख अंजलि पैर पटकती हुई कमरे से बाहर चली गयी।

ऐसा नहीं हैं कि इस प्रकार की बहसबाज़ी पहली बार हुई हो, इससे पहले भी न जाने कितनी बार अजय, सास-बहू के बीच में सैण्डविच बनता रहा है और अब तो उसे इन सब बातों की आदत भी हो गयी है। हर बार की तरह इस बार भी कुछ ही देर में दोनों सास-बहू बिलकुल ठीक हो गयीं और एक-दूसरे के साथ हँसी-मज़ाक़ करने लगीं।

अजय ने जब दोनों के हँसने की आवाज़ सुनी तो सोचने लगा, *'जब दोनों को मिलजुल कर ही रहना है तो मेरे सामने ये नाटक क्यों... खैर छोड़ो मुझे क्या, मुझे तो हर दूसरे दिन इनका सैण्डविच बनना ही है।"* अजय फिर से चादर तानकर सो गया।

लेकिन वक़्त हमेशा एक-सा तो चलता नहीं है और हुआ कुछ ऐसा कि एक दिन विमला और अंजलि में फिर से झगड़ा हो गया। लेकिन उस दिन झगड़ा इतना बढ़ गया कि अंजलि अपनी ससुराल छोड़कर मायके चली गयी।

"अंजलि ये क्या बचपना है, ये तो मैं शाम को घर आया जब माँ ने बताया कि तुम नाराज़ होकर अपने मायके चली गयी हो; देखो जो हुआ उसे भूल जाओ और अपने घर वापिस लौट आओ।"

"भूल जाओ... अजय तुम्हें पता भी है कि क्या हुआ है, क्योंकि ज़ाहिर-सी बात है तुम्हारी माँ ने तुम्हें पूरी बात तो बतायी नहीं होगी।"

"बात कुछ भी हो अंजलि, लेकिन इतनी बड़ी तो नहीं हो सकती न कि तुम घर छोड़कर चली जाओ और ऐसा तो नहीं है न कि माँ और तुम्हारे बीच कहा-सुनी पहली बार हुई हो बल्कि हर दूसरे दिन तुम दोनों के बीच किसी न किसी बात पर बहस हो ही जाती है, फिर सब ठीक भी तो हो जाता है; फिर इस बार ऐसा क्या हुआ?"

"जानना चाहते हो तुम कि इस बार क्या हुआ तो सुनो... इस बार तुम्हारी माँ ने मेरे मम्मी-पापा के बारे में उलटा-सीधा बोला जो कि मैं बर्दाश्त नहीं कर

सकती।''

"ठीक हैं, तो माँ की तरफ़ से मैं तुमसे माफ़ी माँगता हूँ, अब घर वापस आ जाओ।''

"ठीक है तुम चाहते हो न कि मैं वापिस आ जाँऊ, तो आ जाऊँगी, लेकिन उस घर में नहीं।''

"मतलब! मैं कुछ समझा नहीं।''

"मतलब ये कि अब मैं तुम्हारी माँ के साथ एक घर में नहीं रह सकती।''

"दिमाग़ ख़राब हो गया है क्या तुम्हारा?, तुमने सोच भी कैसे लिया कि मैं माँ को अकेला छोड दूँगा... और अंजलि माँ का हमारे सिवा है ही कौन।''

"तो ठीक है अजय, तुम रहो अपनी माँ के साथ और मुझे भूल जाओ; तुम्हें मुझमें और माँ में से किसी एक को चुनना होगा।''

"अंजलि ये क्या बोल रही हो, तुमने तो मुझे संकट में डाल दिया; मेरे लिए जितनी तुम महत्त्वपूर्ण हो, उतनी ही माँ भी हैं, मैं तुम दोनों के बिना नहीं रह सकता।''

"नहीं अजय अब ये सम्भव नहीं है, तुम्हें हम दोनों में से किसी एक को चुनना ही होगा।''

अजय समझ चुका था कि इस बार मामला कुछ ज़्यादा ही बिगड़ चुका है। लेकिन उसे ख़ुद पर विश्वास भी था कि वो सब कुछ सही कर देगा- बस थोड़ी-सी समझदारी दिखाने की ज़रूरत थी।

यूँ तो अजय अच्छी तरह से जानता है कि दुनिया का हर वो इंसान जो कि अपनी माँ और बीवी के बीच में फँसा हो, उससे ज़्यादा मज़बूर शायद ही कोई होता हो। फिर भी उसने हिम्मत नहीं छोड़ी।

"माँ, आपकी और अंजलि की जो भी बात हुई है उसे यहीं ख़त्म करो और फोन करके अंजलि को वापिस बुला लो।''

"तू कहना क्या चाहता है, मैं तेरी बीवी के आगे झुकूँ?'' विमला ने अजय की ओर ग़ुस्से से देखते हुए पूछा।

“नहीं माँ मेरा वो मतलब नहीं हैं, मैं तो कहना चाहता हूँ कि आख़िरकार अंजलि हैं तो अपनी ही न और अपनों की बात को भी भला कोई दिल से लगाता है।”

“ऐसा कर बेटा, यही बात तू अपनी बीवी को समझा।” ऐसा कहते हुए विमला अपने कमरे में चली गयी।

अजय को कुछ भी समझ नहीं आ रहा था कि वो क्या करे जिससे कि उसका घर टूटने से बच जाये। और बहुत सोचने के बाद अगले ही दिन उसने विमला और अंजलि को एक होटल में बुलाया।

“अजय! क्यों बुलाया हैं तूने हमें यहाँ... अगर पहले बता देता कि अंजलि भी आने वाली है तो मैं कभी नहीं आती।”

“आप क्या नहीं आती मम्मी जी, अगर मुझे पता होता तो मैं ही नहीं आती।”

“भगवान के लिये अब आप दोनों चुप हो जाओ, मैं नहीं चाहता कि आप लोग पब्लिक प्लेस पर झगड़ा करें।”

“वो सब तो ठीक है अजय, लेकिन तुमने मुझे यहाँ क्यों बुलाया है?”

“बात करने के लिये।”

“मुझे कोई बात नहीं करनी है, मैं जा रही हूँ।” ऐसा कहते हुए अंजलि जाने के लिये उठकर खड़ी हो गयी।

“रुको अंजलि! जब तक बात नहीं हो जाती कोई कहीं नहीं जा सकता।” और अंजलि बेमन से वापिस बैठ गयी।

“मैं नहीं जानता कि आप दोनों में किस बात पर बहस हुई है और मैं जानना भी नहीं चाहता; मैं तो बस इतना जानता हूँ कि मैं अपने परिवार को टूटते हुए नहीं देख सकता और आप लोगों के बिना रह भी नहीं सकता... इसलिए मैं आप दोनों से विनती करता हूँ कि जो कुछ भी हुआ उसे भूल जाइए और हाथ मिला लीजिए।”

"मज़ाक़ समझा है क्या तूने जो तेरी बीवी के साथ सुलह करूँगी... अरे न आये तो न आये घर वापिस, मुझे कोई फ़र्क़ नहीं पड़ता है, लेकिन मैं इसके आगे झुकूँगी नहीं।"

"अच्छा एक बात बताओ माँ, अगर किसी बात पर अपना झगड़ा हो जाता और मैं घर छोड़कर चला जाता तो भी क्या ऐसे ही बात करतीं?"

"अरे नहीं बेटा; तू तो मेरा बेटा है, अगर किसी बात पर अपना झगड़ा हो भी जाता तो मैं तुझे घर छोड़कर जाने ही नहीं देती और अगर चला भी जाता तो तुझे मनाकर ले आती।"

"लेकिन तुम अंजलि के साथ सुलह इसलिए नहीं कर सकती क्योंकि वो तुम्हारी बहू है; मतलब यह हुआ कि जिस लड़की को तुम यह कहकर लायी थीं कि उसे अपनी बेटी की तरह रखोगी, उसे बेटी मान नहीं पायीं, क्यों सही कहा न माँ?" अजय की बातों ने विमला को सोचने पर मजबूर कर दिया।

"और अंजलि तुम बताओ, क्या कभी तुम्हारी माँ ने तुम्हें किसी बात पर डाँटा नहीं होगा, क्या कभी तुम दोनों में किसी बात पर बहस नहीं हुई होगी... तो क्या तुमने उस वक़्त घर छोड़ दिया था?"

"नहीं अजय, मैं अपना घर क्यों छोड़ती और अपनी माँ की कही हुई बात का भी कोई बुरा मानता हैं क्या।"

"ओह! तो तुम मेरी माँ को सिर्फ़ कहने के लिये माँ कहती हो, मानती नहीं हो। नहीं तो इनकी बात का बुरा क्यों मानती।"

"लेकिन अजय..."

"एक मिनट अंजलि, मेरी बात अभी पूरी नहीं हुई हैं। आप लोग जानते हैं कि घरों में सास-बहू, देवरानी-जेठानी, ननद-भाभी के बीच झगड़े क्यों होते हैं और ऐसे झगड़े जिनसे कि रिश्तों में दरार आ जाती है? क्योंकि उनका एक-दूसरे को देखने का नज़रिया ही कुछ ऐसा होता है और इसी वजह से घर टूट जाते हैं। एक बहू, कहने को तो अपनी सास को माँ कहती है लेकिन मान नहीं पाती। ऐसे ही एक सास एक बहू लेकर आती तो है इस वादे के साथ कि उसे अपनी बेटी बनाकर रखेगी, लेकिन बेटी मान नहीं पाती। ये सब हमारी सोच का फ़र्क़ है और कुछ नहीं। अंजलि तुम बताओ, यही कहा-सुनी अगर तुम्हारे और तुम्हारी माँ के

बीच हुई होती तो क्या तुम उनसे सम्बन्ध तोड़ लेती?''

''नहीं।'' अंजलि ने धीमे से जवाब दिया।

''और माँ तुम बताओ, अगर तुम्हारी कोई बेटी होती और किसी बात पर तुम दोनों का झगड़ा हो जाता और तुम्हारी बेटी घर छोड़कर चली जाती तो क्या तुम उसे जाने देतीं?''

''नहीं।'' विमला ने भी धीमे से जवाब दिया।

उम्मीद करता हूँ कि अब आप लोग समझ गये होंगे कि मैं क्या कहना चाहता हूँ।'' अजय ने एक गहरी साँस लेते हुए कहा।

''मुझे माफ़ कर दीजिए मम्मी जी।''

''नहीं अंजलि बेटा, तू मुझे माफ़ कर दे।''

''अरे भई जिसको भी माफ़-वाफ़ करना है फटाफट करो, मुझे बहुत भूख लगी है।'' अजय ने मुस्कुराते हुए कहा।

''हाँ भई भूख तो मुझे भी बहुत लगी है, लेकिन खाना मेरी बेटी की पसंद का आयेगा।''

''नहीं मम्मी जी खाना आपकी पसंद का आयेगा।''

''माँ... माँ बोलो मुझे मम्मी जी नहीं।'' विमला ने अंजलि की ओर प्यार से देखते हुए कहा।

''जी माँ।'' और यकायक ही अंजलि की आँखें भर आयीं।

''अब ये इमोशनल ड्रामा हो गया हो तो खाना ऑर्डर करें? लेकिन खाना मेरी पसंद का होगा; अरे भई एक घर को टूटने से बचाया है मैंने।''

''हाँ बेटा तू सच कह रहा है; मैं तो कहती हूँ अगर हर घर में तेरे जैसा बेटा हो तो कोई घर नहीं टूटेगा न ही कोई बुज़ुर्ग अकेला रहेगा... मुझे गर्व है कि तू मेरा बेटा है।''

''और अजय, मुझे भी गर्व है कि तुम मेरे पति हो।'' और एक बेटे की समझदारी ने एक घर को टूटने से बचा लिया।

2

लकी

रात के तक़रीबन तीन बजे होंगे अचानक से अपने मोबाइल की घण्टी की आवाज़ सुन मोहित की नींद खुल गयी, “इतनी रात गये किसका फोन आ गया।” मोहित ने अधखुली आँखों से अपने सिरहाने रखे फोन को देखते हुए कहा।

“उठाकर देख लो, हो सकता है कोई ज़रूरी फोन हो।” ऐसा कहते हुए मोहित की पत्नी विभा दूसरी ओर करवट लेकर सो गयी।

“अरे ये तो फ़ैक्टरी के चौकीदार शमशेर सिंह का फोन है, इतनी रात गये क्यों फोन किया होगा उसने।” बड़बड़ाते हुए मोहित ने जैसे ही फोन उठाया,

“हैलो शमशेर सिंह”

“हैलो साहब! आप जल्दी से फ़ैक्टरी आ जाइए! यहाँ आग लग गयी है”

“क्या....यह क्या कह रहे हो तुम, मैं अभी आया”

“क्या हुआ मोहित?” मोहित की बातें सुन विभा भी उठ गयी।

“विभा, हमारी फ़ैक्टरी में आग लग गयी।”

“क्या, लेकिन कैसे?”

“पता नहीं ये तो वहाँ जाकर ही पता चलेगा” और मोहित फटाफट कपड़े बदल फ़ैक्टरी के लिये रवाना हो गया।

फ़ैक्टरी में बहुत ही ज़बर्दस्त आग लगी हुई थी जिसे देख मोहित बुरी तरह

से घबरा गया,

"साहब हिम्मत से काम लीजिए।"

"शमशेर सिंह ये आग लगी कैसे?"

"पता नहीं साहब... मेरी आँख लग गयी थी, जब आँख खुली तो देखा कि फ़ैक्टरी से धुआँ उठ रहा है; जब तक कुछ समझ पाता आग बढ़ चुकी थी। बढ़ती हुई आग देख मैंने सबसे पहले फ़ायर-ब्रिगेड वालों को बुलाया और फिर आपको फोन किया। आप ज़्यादा मत सोचिए साहब फायर-ब्रिगेड वाले कोशिश कर रहे हैं जल्द ही आग पर क़ाबू पा लिया जायेगा।"

"वो तो ठीक हैं शमशेर सिंह लेकिन मैं तो बर्बाद हो गया।"

"नहीं साहब ऐसा मत बोलिए, मुझे यक़ीन है कि नुक़सान ज़्यादा नहीं होगा।"

"इतनी भयंकर आग देखकर भी तुम्हें उम्मीद है?"

"हाँ साहब उम्मीद पर ही दुनिया क़ायम है।"

लेकिन शमशेर सिंह की सारी उम्मीदों पर उस वक़्त पानी फिर गया जब पता चला कि फ़ैक्टरी पूरी तरह से जलकर राख हो चुकी है। फ़ैक्टरी जल जाने की वजह से शमशेर सिंह की नौकरी तो गयी ही, मोहित भी सड़क पर आ गया। सभी लेनदारों का क़र्ज़ चुकाने के चक्कर में उसे अपना घर, गाड़ी, यहाँ तक कि अपनी पत्नी के ज़ेवर तक बेचने पड़े। बड़ी ही मुश्किल से एक छोटे-से घर में रहने का बंदोबस्त हो पाया। कमायी का कोई ज़रिया नहीं था इसलिए मोहित और विभा ने आस-पास के बच्चों को पढ़ाने का काम शुरू किया जिससे कि उनका ख़र्च चल सके। यूँ तो मोहित नौकरी के लिए लगातार कोशिश कर रहा है लेकिन सफलता है कि मिल ही नहीं रही थी।

इसी दौरान एक दिन पता चला कि विभा प्रेग्नेण्ट है।

"विभा, क्या हम इस बच्चे की अच्छी तरह से परवरिश कर पायेंगे?"

"मोहित ऐसे क्यों बोल रहे हो तुम?"

"देख तो रही हो न तुम अपने हालात, ऐसे में परिवार में एक सदस्य और

बढ़ जायेगा'' मोहित ने चिंतित होते हुए कहा।

"तुम क्यों फ़िक्र करते हो, जो होगा अच्छा ही होगा... वैसे भी कहते हैं जब कोई इस दुनिया में आता है तो अपनी क़िस्मत साथ लेकर आता है और हो सकता है हमारा बच्चा हमारी क़िस्मत ही बदल दे, उसकी वजह से हमारे अच्छे दिन आ जाये'' और हुआ भी कुछ ऐसा ही। अगले ही दिन पता चला कि एक प्राइवेट कम्पनी में मोहित की नौकरी लग गयी है। बहुत समय बाद मोहित और विभा की ज़िंदगी में ख़ुशी आयी।

"विभा तुम सही कह रही थीं... सच में हमारा बच्चा हमारे लिए बहुत ही क़िस्मत वाला है''

"हाँ मोहित तुम सही कह रहे हो। अब देखो न इसके आने की ख़बर आते ही तुम्हारी नौकरी लग गयी।'' इसके बाद तो जैसे इन दोनों की क़िस्मत ही पलट गयी। मोहित के बॉस उसके काम से बहुत ही ख़ुश रहते, दूसरी ओर मोहित ने तो बच्चों को पढ़ाने का काम छोड़ दिया था, लेकिन विभा ने ये काम जारी रखा और विभा ने भी अपने काम में तरक़्क़ी की। जो बच्चे विभा के पास पढ़ने आते, उनके पेरेण्ट्स को विभा के पढ़ाने का तरीका इतना पसंद आया कि उन्होंने अपने मिलने वालों से भी कहा कि वो अपने बच्चे को विभा के पास ही पढ़ने भेजें, बस इसी वजह से विभा का काम भी बहुत अच्छा चल निकला। अब वक़्त अच्छा गुज़रने लगा। ऐसा लगता मानो हर दिन एक नयी ख़ुशी दरवाज़े पर आकर दस्तक देगी। और इसी तरह से विभा की प्रेग्नेंसी के नौ महीने भी गुज़र गये और विभा ने एक बेटी को जन्म दिया। इधर मोहित और विभा की बेटी इस दुनिया में आयी और दूसरी ओर नौकरी में मोहित की तरक़्क़ी हो गयी। इतना ही नहीं, कम्पनी की ओर से उसे एक घर और गाड़ी भी मिले,

"विभा बधाई हो! तुम सही कह रही थी हमारी बेटी ने तो हमारी क़िस्मत ही बदल डाली; बहुत शुभ है हमारी बेटी हमारे लिए विभा... पागल होते है वो लोग जो बेटियों को बोझ समझते हैं।''

"हाँ मोहित तुम सही कह रहे हो; इसलिए मैंने सोचा है हम हमारी बेटी का नाम लकी रखेंगे।'' ऐसा कहते ही विभा ने लकी को गोद में उठाकर चूम लिया ।

3

मोहब्बत शादी के बाद

"माँ! नाश्ता तैयार है आकर कर लो।"

"आयी बेटा आयी... बेटा तू क्यों करता है ये सारे काम, मैं तो कहती हूँ शादी कर ले, तुझे भी आराम हो जाएगा, बच्चियों को भी माँ मिल जाएगी और मुझे भी बहू का सुख मिल जाएगा।"

"माँ तुम भी न रोज़-रोज़ ये क्या बात लेकर बैठ जाती हो, अब तो तुम बिना बहू के रहने की आदत डाल ही लो, या फिर तुम मुझे ही अपनी बहू मान लो, जैसे कि बच्चे मुझे ही अपना पापा और मुझे ही अपनी मम्मी मानते है।"

"अरे जिन बच्चों ने कभी अपनी माँ को देखा ही नहीं उनके लिए तो उनका बाप ही सब कुछ होगा न।"

"माँ अब बस भी करो, मत किया करो वो सब बातें, जिनसे तुम भी दुःखी होती हो और मुझे भी दुःखी कर देती हो।"

"माफ करना बेटा, लेकिन इतना ज़रूर कहूँगी कि ऊपरवाले ने अच्छा नहीं किया हमारे साथ।" ऐसा कहते ही शारदा ने विकास से छुपाते हुए तुरंत अपनी साड़ी के पल्लू से अपने आँसू पोंछ लिये।

तीन साल पहले की बात है, जब विकास की शादी नेहा से हुई थी। लव-मैरिज़ थी दोनों की। पिछले पाँच साल से जानते थे दोनों एक-दूसरे को। इनकी शादी में ज़रूर थोड़ी-बहुत दिक़्क़त आयी थी, लेकिन सारी मुश्किलों को पार कर आख़िरकार ये दोनों एक हो ही गये। नयी बहू के घर आने से विकास की माँ शारदा, जो पहले इस शादी के सख़्त ख़िलाफ थीं, अब अपनी बहू का अपने

बेटे से भी ज़्यादा ख़्याल रखतीं, कई बार तो इस वजह से विकास अपनी माँ से नाराज़ हो जाता। शादी के कुछ महीनों बाद जब पता चला कि नेहा माँ बनने वाली है तो शारदा ने नेहा के क़दमों में सारे जहाँ की ख़ुशियाँ बिछा दी। जब-जब जो नेहा को खाने की इच्छा होती, शारदा उसके लिए ख़ुशी-ख़ुशी बनातीं, एक पल के लिये भी उसे उसके मायके की याद नहीं आने देतीं और नेहा भी तो शारदा का हर तरह से ध्यान रखती... उसे दवा देनी हो या चेक-अप के लिये डॉक्टर के पास लेकर जाना हो, सारी ज़िम्मेदारी नेहा ही निभाती। कई बार तो विकास सास-बहू की इस एकता से बहुत दुःखी हो जाता। एक दिन जब विकास से बर्दाश्त नहीं हुआ तो उसने पूछ ही लिया,

"माँ सच-सच बताना मैं तुम्हारा ही बेटा हूँ न, कहीं ऐसा तो नहीं है न कि तुमने मुझे गोद लिया हो।"

विकास के पूछ्ते ही शारदा और नेहा हँसने लगे,

"विकास, हम दोनों को देखकर तुम्हें ये नहीं लगता कि मैं माँ की बेटी हूँ और तुम कोई ग़ैर हो।" नेहा ने विकास को चिढ़ाते हुए कहा,

"मुझे तुम दोनों से बात ही नहीं करनी, अब तो जलन होने लगी है मुझे तुम दोनों से।" ऐसा कहते हुए विकास नाराज़ होकर वहाँ से चला गया।

"पागल, बिलकुल पागल है मेरा बेटा; जानती हो नेहा, जब ये छोटा था तो मैं किसी के भी बच्चे को अगर मुस्कुराकर देख भी लेती थी तो इससे बर्दाश्त ही नहीं होता था; इसने हमेशा यही चाहा है कि मैं इसके अलावा किसी से प्यार न करूँ।"

"होता है माँ ऐसा... मुझे तो लगता है शायद सभी बच्चे ऐसे ही होते हैं, लेकिन वो समय के साथ बदल भी जाते हैं, लेकिन विकास वो तो आज भी बच्चा ही है।" नेहा के कहते ही,

"हाँ बिलकुल सही कहा तुमने।" और दोनों सास-बहू ठहाका लगाकर हँस पड़ीं। बस इसी प्रकार हँसी-मज़ाक़ करते हुए जल्द ही वो वक़्त भी आ गया जब नेहा को डिलीवरी के लिए अस्पताल ले जाना पड़ा। लेकिन डिलीवरी के दौरान नेहा की तबीयत इतनी ज़्यादा बिगड़ गयी कि सम्भालना मुश्किल हो गया और उसे नहीं बचाया जा सका। लेकिन जाते-जाते नेहा अपनी निशानी के तौर पर जुड़वा बेटियाँ विकास को दे गयी और नेहा के जाने के बाद विकास की ज़िंदगी

ही बदल गयी, अब उसका केवल एक ही मक़सद था अपनी बेटियों अनु और तनु की परवरिश करना, और साथ ही अपनी माँ का इतना ख्याल रखना कि उन्हे एक पल के लिए भी अपनी बहु की कमी महसूस ना हो। अनु और तनु अब दो साल की हो चुकी हैं। यूँ तो विकास ने उन्हें कभी माँ की कमी महसूस नही होने दी फिर भी शारदा चाहती हैं कि वो अब दूसरी शादी कर ले। वैसे तो ये आसान नहीं हैं क्योंकि विकास, नेहा से इतना प्यार करता था कि उसके लिए किसी ओर को उसकी जगह देना आसान नहीं, फिर भी अपनी माँ की ज़िद के आगे विकास की एक न चली और उसने शादी के लिए हाँ कर दी, इधर विकास ने हाँ की और उधर शारदा ने लड़कियाँ देखनी शुरू कर दी, लेकिन विकास के विधुर होने एवं दो बच्चियों के पिता होने की वजह से उसके लिए लड़की देखना आसान नहीं था। लेकिन शायद अनु व तनु की क़िस्मत में माँ का प्यार लिखा था इसलिए तो विकास के लिए बहुत ढूँढ़ने के बाद शिप्रा का रिश्ता मिल गया। लेकिन शिप्रा विधवा है और तीन साल के बेटे रेहान की माँ भी। अभी सालभर पहले की ही बात है, एक सड़क दुर्घटना में शिप्रा के पति अजीत की मौत हो गयी थी। कम उम्र होने एवं एक बच्चे की ज़िम्मेदारी होने की वजह से शिप्रा के घरवाले चाहते थे कि उसकी शादी हो जाये और इसी वजह से वो भी अपनी बेटी के लिए रिश्ते ढूँढ़ रहे थे और क़िस्मत ने विकास और शिप्रा को आमने-सामने लाकर खड़ा कर दिया। लेकिन शारदा कुछ खुश नहीं थीं इस रिश्ते से।

"क्या कमी है मेरे बेटे में जो उसकी शादी मैं किसी विधवा के साथ करूँ।" यूँ तो शारदा ने धीमे से ही बड़बड़ाया, लेकिन वहाँ बैठे विकास ने सब सुन लिया।

"माँ अगर वो विधवा है तो मैं भी तो विधुर हूँ और वो तो एक बच्चे की माँ है, लेकिन मैं तो दो-दो बच्चियों का पिता हूँ; तो क़ायदे से तो उसको मुझसे शादी करने के लिये मना करना चाहिए।"

"लेकिन बेटा..."

"मेरी तरफ़ से इस रिश्ते के लिये हाँ है माँ, मुझे लगता है शिप्रा ही वो है जो मेरी तकलीफ़ को दिल से महसूस कर पायेगी।"

"अगर तू कहता है तो ठीक है, मैं आज ही शिप्रा के पिताजी से बात करती हूँ।" शारदा की एक न चली विकास की मर्ज़ी के आगे और जल्द ही बड़ी ही

सादगी से विकास और शिप्रा का विवाह सम्पन्न हो गया। शुरू-शुरू में तो शिप्रा को विकास के परिवार के साथ एडजे़स्ट होने में और विकास के परिवार को शिप्रा के साथ एडजेस्ट होने में थोड़ी मुश्किल आयी, लेकिन वक़्त के साथ सब सही हो गया। जो अनु और तनु शिप्रा से दूर भागती थीं अब उसे पूरी तरह से अपनी माँ के रूप मे स्वीकार कर चुकी हैं। अगर कम शब्दों में कहा जाये तो घर का हर सदस्य अब शिप्रा का दीवाना हो चुका था, दूसरी ओर रेहान भी सबका लाडला बन चुका था। विकास की पूरी कोशिश रहती कि शिप्रा को एक पल के लिये भी ये न लगे कि वो अपनी बेटियों में और रेहान के बीच कोई भेदभाव करता है और यही कोशिश शिप्रा की भी रहती। अब विकास और शिप्रा की शादी को पाँच साल गुज़र चुके थे और घर का प्रत्येक सदस्य शिप्रा से बहुत ख़ुश था।

''विकास मैं सोच रही हूँ कि क्यों न अनु को डांस क्लासेस में डाल दिया जाये।''

''ये अचानक डांस सिखवाने की क्या सूझी तुम्हें, और अनु को ही क्यों, तनु को क्यों नहीं?''

''क्योंकि अनु को डांस में रुचि हैं तनु को नहीं और मैं चाहती हूँ कि हमें उसके इस हुनर को तराशना चाहिए। आप टी.वी पर देखते हैं न डांस-रियेलटी शो; कितनी कम उम्र के बच्चे डांस करते हैं तो हमारी बेटी क्यों नहीं।''

''वो सब तो ठीक है शिप्रा, लेकिन अनु को डांस के लिये लेकर जाना, वापिस लाना कौन करेगा ये सब काम? मैं ऑफिस में बिज़ी रहता हूँ और तुम्हें घर के कामों से फ़ुरसत कहाँ।''

''उसकी चिंता तुम मत करो, मैं ही लेकर जाऊँगी अनु को और साथ ही वापिस लेकर आँऊगी; रही घर के कामों की बात तो समय कुछ इधर-उधर करके एडजेस्ट कर लूँगी, लेकिन किसी भी क़ीमत पर अनु का ये हुनर बेकार नहीं जाने दूँगी।''

''ठीक है, अगर तुमने ठान ही लिया है तो मुझे कोई ऐतराज़ नहीं हैं; मेरी ओर से किसी भी मदद की ज़रूरत हो तो ज़रूर बताना।''

ऐसा कहते ही विकास निश्चिंत होकर अपना ऑफ़िस का काम करने लगा। ''अब रोज़ाना शाम को शिप्रा, अनु को डांस क्लासेस के लिये ले जाने

लगी और तब तक वहीं बैठी रहती जब तक क्लास ख़त्म न हो जाती... अब ये उसकी दिनचर्या बन चुकी थी और उधर क्लास में रोज़ आने की वजह से सभी शिप्रा को पहचानने लगे,

"हाय मेम। मेरा नाम गौरव है, क्या आप अनु की मम्मी हैं?"

एक दिन अचानक से अनु के डांस टीचर ने सामने से आकर शिप्रा से कहा।

"जी।"

"वाक़ई में आपकी बेटी बहुत ही टेलेण्टेड है, आपने उसे डांस क्लास में भेजकर बहुत ही अच्छा किया।"

"जी थैंक यू।" कुछ ऐसी थी शिप्रा और अनु के डांस टीचर गौरव की पहली मुलाक़ात और उसके बाद तो किसी ना किसी वजह से इन दोनों की मुलाक़ात होती ही रहती। कहते हैं किसी से प्यार होने की कोई वजह नहीं होती, वो तो बस हो जाता है और यहाँ भी कुछ ऐसा ही हुआ, शिप्रा और गौरव को एक-दूसरे से प्यार हो गया। बिना दुनिया की चिंता किये ये दोनों एक-दूसरे के प्यार में कुछ ऐसे डूबे कि ये ही भूल गये कि इनके ख़ुद के भी परिवार हैं। इनकी नज़दीकियों की वजह से इनके परिवार टूटने लगे, आये दिन दोनों के घरों में कलेश होने लगे।

"क्या है ये शिप्रा तुममें थोड़ी-बहुत शर्म लिहाज है भी या नहीं, एक शादीशुदा होकर, तीन-तीन बच्चों की माँ होकर किसी ग़ैर मर्द के चक्कर में कैसे आ गयी?"

"इसे प्यार कहते हैं विकास।"

"प्यार... इसे प्यार नहीं बेशर्मी कहते हैं।" विकास ने चिल्लाते हुए कहा।

"तुम्हे जो समझना है समझो, लेकिन इतना जान लो, प्यार कब होगा किससे होगा कोई नहीं बता सकता और प्यार करने की कोई उम्र भी नहीं होती हैं।"

"ये सब फ़िल्मी बातें हैं शिप्रा, अभी भी वक़्त है लौट आओ अपने परिवार के पास वापिस।"

“नहीं विकास अब वापिस लौटना मुमकिन नहीं हैं मेरे लिए, बल्कि मैं तो कहती हूँ हमें तलाक़ ले लेना चाहिए, तुम भी ख़ुश रहोगे और मैं भी।”

विकास तो समझ चुका था कि अब शिप्रा को समझाने का कोई फ़ायदा नहीं, लेकिन शारदा का क्या... वो तो जैसे कुछ समझने को तैयार ही नहीं। ये प्यार-मोहब्बत उसके लिए सब बकवास है। इसलिए उसने शिप्रा को समझाने कि बहुत कोशिश की, लेकिन शिप्रा, गौरव के प्यार में कुछ इस कदर डूब चुकी थी कि उसे न तो कुछ दिखाई दे रहा था न ही कुछ सुनाई। लेकिन जब शारदा ने रेहान का वास्ता दिया तो शिप्रा ने कुछ दिनों के लिए तो गौरव से मिलना-जुलना बंद कर दिया, जिसे देख शारदा और विकास के चेहरे पर ख़ुशी आ गयी। उन्होंने शिप्रा के बदलते हुए रूप को देख उसकी हर ग़लती के लिये उसे माफ़ कर दिया। लेकिन वो ज्यादा वक़्त तक गौरव से दूर नहीं रह पायी और एक रात चुपचाप घर से भाग गयी। अगले पूरे दिन विकास ने उसे बहुत ढूँढ़ा लेकिन कहीं नहीं मिली। बस शाम को एक फोन आया शिप्रा का, जिसमें उसने बताया कि वो गौरव के साथ ही रहेगी और उसने तलाक़ के काग़ज़ात भिजवा दिये हैं और अब कभी भी वापिस लौटकर नहीं आयेगी। विकास अब फिर से अकेला हो चुका है बस फ़र्क़ इतना-सा है कि पहले वो दो बच्चों का पिता था; अब तीन बच्चों का पिता है।

4

महक रिश्तों की

बच्चों के समर वेकेशन शुरू हुए तक़रीबन एक हफ़्ता हो चुका था। ऑफ़िस से छुट्टी नहीं मिल पाने की वजह से मैं उनके साथ वक्त ही नहीं गुज़ार पा रही थी। वैसे तो मेरे सास-ससुर भी साथ ही रहते हैं इसलिए मुझे बच्चों की ज़्यादा फ़िक्र नहीं करनी पड़ती, लेकिन पिछले चार महीने से उनके मेरी ननद के पास अमेरिका जाने की वजह से पूरी तरह से बच्चों की ज़िम्मेदारी मेरे ऊपर आ चुकी थी। एक बार तो ख़याल आया कि क्यों न माँ के पास भेज दूँ, कुछ दिन बच्चे नाना-नानी के साथ रहेंगे तो उन्हें भी अच्छा लगेगा और बच्चे भी ख़ुश हो जाएँगे। ''ऐसा करती हूँ कल ही बच्चों को छोड़ आती हूँ, शनिवार है सो सबसे मिलना भी हो जाएगा और दो दिन रुककर बच्चों को छोड़कर इतवार शाम तक वापिस आ जाऊँगी, वैसे भी दिल्ली से गाजियाबाद की दूरी ही कितनी है।'' आने-जाने की सारी प्लानिंग कर मैंने शाम को जब यह बात अपने पति नीरज को बतायी तो उन्हें भी मेरा आइडिया पसन्द आया,

''आप भी चलिए न साथ हमारे, आपसे मिलकर मम्मी-पापा बहुत ख़ुश हो जाएँगे'' जैसे ही मैंने नीरज से कहा,

''बात तो तुम्हारी सही है सुनीता, लेकिन मुझे कल ऑफ़िस जाना पड़ेगा, कोई ज़रूरी मीटिंग आ गयी है; कोई बात नहीं तुम चली जाओ बच्चों को लेकर, मैं कभी बाद में जाकर मिल लूँगा।''

''ठीक है तो हम कल सुबह जल्दी ही निकल जाएँगे, आपका खाना बनाकर फ्रिज में रख दूँगी, गरम करके खा लीजिएगा'' मेरी बात सुनकर नीरज बिना कुछ कहे ही अपने कमरे में चले गये। यह उनकी आदत है जिसके लिए

पहले मुझे बहुत बुरा लगता था... लेकिन अब मैं इसकी आदी हो गयी हूँ। मैं काम ख़त्म कर अगले दिन जाने की तैयारी करने लगी।

"नमस्ते मम्मी कैसे हो!" दरवाज़ा खुला देख मैंने घर के अन्दर जाते हुए पूछा,

"अरे सुनीता तू यहाँ, कैसे आना हुआ?"

"क्यों मम्मी अपने यहाँ आने की भी कोई वजह होती है क्या।"

"अरे नहीं बेटा, वो तो मैंने यूँ ही पूछ लिया था।"

"बच्चों के स्कूल की छुट्टियाँ शुरू हो गयी हैं तो सोचा क्यों न इन्हें कुछ दिनों के लिए इनके ननिहाल में छोड़ दूँ, इनका भी तो नाना-नानी के प्यार पर हक़ है।"

"बिलकुल है, आओ बेटा नानी के पास।" मम्मी ने रिंकू और सनी को अपने पास बुलाते हुए कहा,

"पापा नहीं दिखाई दे रहे कहीं बाहर गये हैं क्या?"

"हाँ वो पास ही सब्ज़ी लेने गये हैं, अभी आ जाएँगे थोड़ी देर में, आ तू बैठ मैं कुछ खाने को बना देती हूँ।" जैसे ही मम्मी रसोई में जाने के लिए उठीं मैं भी उनके पीछे-पीछे हो ली,

"मम्मी घर इतना ख़ाली-ख़ाली सा क्यों लग रहा है, भैया-भाभी भी घर पर नहीं हैं क्या?"

"हाँ बेटा वो लोग शिखा के मायके गये हैं; आज सुबह ही निकले थे, कल शाम तक वापिस आ जाएँगे। छुट्टियाँ थीं तो मैंने ही कहा कि जाकर मिल आओ उन्हें भी अच्छा लगेगा"

"सो तो हैं, मैंने भी नीरज से कहा था साथ चलने के लिये लेकिन उनकी एक ज़रूरी मीटिंग आ जाने की वजह से वो साथ नहीं आ पाये।"

"कोई बात नहीं, अब बच्चों को जब वापिस लेने आओ तब दोनों आ जाना।"

"हाँ ये ठीक रहेगा, लेकिन इस बार मेरा भाई-भाभी से मिलने का बहुत मन

था।''

''कोई बात नहीं अगली बार मिल लेना, इस बार अपनी माँ से मिल ले; जब से शादी करके गयी है तेरा तो यहाँ आना ही बंद हो गया है।''

''ऐसी बात नहीं हैं मम्मी बस टाइम ही नहीं मिलता।''

''चल बैठ गरमा-गरम पकौड़े बनाये हैं तेरे लिए खा ले और बच्चों को भी बुला ले।''

मम्मी के व्यवहार से मातृत्व तो भरपूर महसूस हो रहा था, लेकिन वो कुछ परेशान भी लग रही थीं। सोचा पूछ लूँ क्या परेशानी है, लेकिन नहीं पूछ पायी।

''नानाजी आ गये, नानाजी आ गये'' अचानक से रिंकू की आवाज़ सुन मैं भी बाहर की ओर दौड़ी और पापा के गले से जा लगी

''सुनीता, कैसी है बेटा?''

''मैं ठीक हूँ पापा आप कैसे हैं?''

''बहुत अच्छा, क्यों देखने से लगता नहीं हूँ क्या?'' पापा ने हँसते हुए कहा। वैसे भी पापा का स्वभाव हमेशा से मज़ाक़िया ही रहा है, लेकिन पापा की आज की हँसी में मुझे थोड़ा-सा दर्द भी महसूस हुआ। न जाने क्यों ऐसा लग रहा था कि मम्मी-पापा मुझसे कुछ छुपाने की कोशिश कर रहे हैं। जानने की काफ़ी कोशिश की, लेकिन किसी ने कुछ नहीं बताया। बातों ही बातों में पूरा दिन कैसे गुज़र गया कुछ पता ही नहीं चला। अब काफी रात हो चुकी थी और मैं भी सोने जाना चाहती थी, सो बच्चों को साथ लेकर सोने चली गयी। लेकिन आँखों में नींद दूर-दूर तक नहीं थी। बस यही सोचती रही कि ऐसी क्या बात है जिसे मम्मी-पापा मुझसे छुपाने की कोशिश कर रहे हैं।

रात के लगभग एक बजे होंगे। मुझे अचानक से पानी पीने की तलब लगी और मैं पानी लेने के लिये जाने लगी लेकिन फ्रिज तक जाने के लिए मम्मी-पापा के कमरे से होते हुए गुज़रना पड़ता है। जैसे ही मैं उनके कमरे के आगे से निकली, कुछ बातों की आवाज़ें आने लगी। पापा कह रहे थे कि तुमने कुछ सुनीता को बताया तो नहीं न?

''नहीं, लेकिन मुझे लगता है उसे हमारे परेशान चेहरे देखकर शक ज़रूर

हुआ हैं''

''कोई बात नहीं एक ही दिन की तो बात है सँभाल लेंगे, वैसे भी वो आज शाम तक वापिस जा ही रही है।'' पापा ने कहा।

''लेकिन बच्चे, वो तो यहीं रहेंगे न कुछ दिन और।'' मम्मी की आवाज़ में चिंता झलक रही थी,

''कोई बात नहीं, बच्चे नासमझ हैं।'' मैं भी वहाँ से पानी लेने के लिए फ्रिज़ की ओर चल पड़ी, लेकिन मन पूरी तरह से अशांत हो चुका था। ज़रूर कोई बड़ी बात है नहीं तो पापा-मम्मी आधी रात को इस तरह से बात नहीं कर रहे होते; दूसरी ओर मैं उनसे ज़बरदस्ती कुछ पूछना भी नहीं चाहती थी। दिमाग़ में अजीब सी कशमकश चल रही थी और दिल ये सोचकर घबरा रहा था कि कहीं कोई बुरी ख़बर न हो। फिर यकायक ही भाभी का ख़याल आया, सोचा भाभी को तो सबकुछ पता ही होगा, सुबह होते ही उनसे बात करती हूँ।

''मम्मी पानी।'' इतने में ही रिंकू उठकर बैठ गया और पानी माँगने लगा,

''हाँ बेटा देती हूँ अभी।''

''मम्मी आप अभी सोये नहीं?''

''नहीं नींद नहीं आयी, तुम सो जाओ।'' रिंकू बिना कोई सवाल-जवाब किए तुरन्त दुबारा सो गया और मैं बेसब्री से सुबह होने का इंतज़ार करने लगी। अगले दिन सुबह,

''हैलो भाभी!''

''हैलो सुनीता, कैसी हो?''

''भाभी मैं ठीक हूँ, अभी गाज़ियाबाद आयी हुई हूँ।''

''अरे हम लोग तो मेरठ आए हुए हैं, तुम अपने आने के बारे में अगर पहले बता देतीं तो हम कभी बाद में यहाँ आ जाते।''

''नहीं भाभी कोई बात नहीं, वैसे भाभी मुझे आपसे कुछ पूछना था।''

''हाँ पूछो न''

"भाभी घर पर कोई प्रॉब्लम चल रही है क्या?"

"प्रॉब्लम, नहीं तो, लेकिन तुम यह क्यों पूछ रही हो?"

"मुझे पापा-मम्मी कुछ परेशान से लगे, ऐसा लगा जैसे कि वो कुछ छुपाने की कोशिश कर रहे हैं... मुझे लगा शायद आपको कुछ पता होगा।"

"नहीं सुनीता तुम्हें शायद कोई ग़लतफ़हमी हुई है।"

"नहीं भाभी ऐसी कोई बात नहीं है।" और मैंने भाभी को रात को जो पापा-मम्मी के बीच बातचीत हुई थी वो सब बता दी।

"सुनीता अब तो मुझे भी फ़िक्र होने लगी है; सुनो ऐसा करते हैं हम अभी वापिस आते हैं फिर पता करते हैं कि ऐसी क्या बात है जिसे पापा-मम्मी हमें बताना नहीं चाहते; लेकिन तुम घर पर किसी को भी हमारे आने की ख़बर मत देना।"

"जी भाभी।"

"सुनीता बेटा अभी उठी नहीं क्या?"

"आयी मम्मी! भाभी मम्मी आवाज़ लगा रही हैं, मैं अब फ़ोन रखती हूँ।" ऐसा कह मैं तुरन्त ही मम्मी की ओर दौड़ी, ये सोचकर कि वो कमरे में न आ जाएँ और उन्हें शक न हो जाए।

नाश्ते के वक़्त मम्मी-पापा का व्यवहार सही लग रहा था और पापा तो बच्चों के साथ भी पहले जैसा ही लाड लड़ा रहे थे। मैं सोच में पड़ गयी कि यह सब क्या है, कल जो इतने परेशान नज़र आ रहे थे वो अचानक आज इतने सहज कैसे हो गयें, या शायद कोई नाटक कर रहे हैं। यूँ तो शादी के बाद से मेरा ग़ाज़ियाबाद आना बहुत कम हो गया है, लेकिन फोन के द्वारा मैं हमेशा सम्पर्क में बनी रहती हूँ, यहाँ की हर छोटी-से-छोटी बात की मुझे जानकारी होती है। लेकिन इन दो दिनों में मैंने घर का जो माहौल देखा वो इससे पहले न तो कभी देखा और न ही कभी सुना।

"सुनीता क्या हुआ बेटा, क्या सोच रही है?"

"नहीं कुछ नहीं मम्मी।"

"तो फिर तेरे पापा कितनी देर से ब्रेड माँग रहे हैं देती क्यों नहीं।"

“ओह सॉरी पापा मैंने सुना नहीं।” मैंने पापा को ब्रेड पकड़ाते हुए कहा और खुद फिर से एक गहरी सोच में चली गयी।

“सुनीता, बेटा आज ही जाना ज़रूरी है क्या? कुछ दिन और रुक जाती तो हमें भी अच्छा लगता।”

“नहीं मम्मी आप तो जानती ही हैं न कि ऑफ़िस से छुट्टी नहीं मिलती, वैसे भी बच्चो को छोड़कर जा रही हूँ न आपके पास, मेरी कमी पूरी कर देंगे।” मैंने हँसते हुए कहा,

“हाँ सो तो है, घर में बच्चों से रौनक़ रहती हैं।” मम्मी ने भी मेरी बात पर सहमति जताते हुए कहा।

“मम्मी आपसे एक बात पूछनी थी।”

“हाँ पूछ।” मम्मी ने मेरी ओर सवालिया नज़रों से देखते हुए कहा,

“मम्मी घर में कोई परेशानी हैं क्या?”

“परेशानी... कैसी परेशानी, यह क्या कह रही हैं तू।”

“मुझे ऐसा लग रहा है कि पापा और आप किसी बात को लेकर परेशान हो”

“नहीं, ऐसी तो कोई बात नहीं है, ज़रूर तुझे कोई ग़लतफ़हमी हुई है।” मम्मी ने मुझसे अपनी नज़रें चुराते हुए कहा, लेकिन मैं इतना तो समझ ही गयी थी कि ज़रूर कोई बड़ी बात है, और परेशानी वाली भी।

“सुनीता बेटा, ज़्यादा सोचने की कोई ज़रूरत नहीं, हम लोग किसी भी बात को लेकर परेशान नहीं हैं; वो तो बेटा हमारा बुढ़ापा है और बुढ़ापे में इंसान की शक्ल ही ऐसी हो जाती है, क्यों जी सही कहा न मैंने।” पापा ने जैसे ही मम्मी की ओर देखते हुए पूछा।

“बुढ़ापा होगा आपका मैं तो जवान हूँ अभी, देखिए न कितना मेण्टेन कर रखा हैं मैंने ख़ुद को”

“कहीं इतना मैंटेन मत कर लेना कि मैं तुम्हारा बाप लगने लगूँ।” ऐसा कहते ही पापा ज़ोर-ज़ोर से हँसने लगे।

''अगर आपका हँसना हो गया हो तो ज़रा बाज़ार से बच्चों के लिए कुछ मिठाई ले आओ।''

''हाँ अभी जाता हूँ।'' और पापा थैला और अपना बटुआ सँभालते हुए घर से निकल गये। मैं भी उन दोनों की बनावटी बातों को अच्छी तरह से समझ रही थी। कोई बात नहीं भाई-भाभी आ रहे हैं न अब सब पता चल जाएगा। मैंने मन में कहा और मैं फिर से सोच में डूब गयी,

''अब क्या सोचने लगी?''

''नहीं कुछ नहीं, कुछ भी तो नहीं।''

''तो फिर मेरी बात का जवाब क्यों नहीं देती।''

''क्या... कुछ पूछा आपने?''

''हाँ पूछा लेकिन इससे पहले तू मुझे यह बता कि तू ये बार-बार कहाँ खो जाती है; कल से देख रही हूँ बेटा, कुछ बात है तो बताती क्यों नहीं''

''नहीं मम्मी ऐसी कोई बात नहीं है।'' अब मम्मी को क्या बताऊँ कि मैं उनको लेकर ही परेशान हो रही हूँ।

''अच्छा मम्मी आपको याद है बचपन में मैं और भैया कितनी बदमाशियाँ किया करते थे, और आप हमसे परेशान हो जाया करती थी'' मैंने बातों का रुख मोड़ते हुए कहा,

''हाँ सब याद हैं मुझे... अरे कैसे भूल सकती हूँ तुम्हारी शैतानियों को; यही तो वो आँगन था जिसमें तुम दोनों बड़े हुए, लेकिन तुम्हारे बच्चे वो तो अभी छोटे ही हैं।'' कहते-कहते मम्मी भावुक हो गयीं।

''हाँ तो क्या हुआ यह भी इसी आँगन में खेलते-खेलते बड़े हो जायेंगे।'' मेरे ये कहते ही मम्मी फूट-फूटकर रोने लगी और उन्हें रोता हुआ देख मैं घबरा गयी।

''क्या हुआ मम्मी आप रोने क्यों लगी, क्या हुआ बोलिए न प्लीज, आप मुझसे अब कुछ भी मत छुपाइए।'' मैंने मम्मी को सँभालते हुए कहा,

''सुनीता बेटा मुझे माफ़ कर दे, मैंने बहुत कोशिश की कि यह बात तुम बच्चों को नहीं बताऊँ लेकिन...'' कहते-कहते मम्मी अचानक से चुप हो गयीं।

“कौन सी बात?” “वो तेरे चाचा...”

“चाचा... क्या किया मम्मी चाचा ने और आप लोग कब मिले चाचा से; उन लोगों द्वारा आपके साथ इतना बुरा व्यवहार करने के बाद भी आप लोग उनसे मिले, क्यों मम्मी?”

“पिछले हफ्ते की ही बात है, तेरे पापा के पास तेरे चाचा का फोन आया था, वो तेरे पापा से मिलना चाहते थे; उन्हें अपनी ग़लतियों का एहसास था, माफ़ी माँगना चाहते थे। तू तो जानती हैं न तेरे पापा कितनी जल्दी भावुक हो जाते हैं इसलिए वो तेरे चाचा की बातों में आ गये और मुझे भी बिना बताये उनसे मिलने चले गये” मम्मी की आँखों से आँसू लगातार बह रहे थे,

“फिर? फिर क्या हुआ, बताओ मम्मी।”

“तेरे चाचा ने काग़जों पर तेरे पापा के साइन करवा लिये।”

“कैसे काग़ज़ मम्मी, क्या लिखा था उन काग़ज़ों पर?” मैं मम्मी के ऊपर बुरी तरह से चिल्लाने लगी,

“उन पर लिखा था कि तेरे पापा अपनी मर्ज़ी से अपनी सारी ज़मीन-जायदाद तेरे चाचा के नाम कर रहे है।”

“लेकिन पापा ने उन काग़ज़ों पर साइन किये ही क्यों?” “मेरा ग़ुस्सा अब सातवें आसमान पर था।

“किये नहीं बल्कि तेरे चाचा ने उनके सिर पर बंदूक़ रखकर ज़बरदस्ती करवाये।” इतना सुनते ही मानो मेरे पैरों तले ज़मीन खिसक गयी।

“हे भगवान! और कितना गिरेगा यह आदमी।” मेरे मुँह से मेरे ही चाचा के लिए गालियाँ निकल रही थीं। “लेकिन मम्मी इसमें ग़लती पापा की भी हैं, उन्होंने ऐसा सोच भी कैसे लिया कि चाचा बदल सकते हैं; अरे जो आदमी कभी अपने माँ-बाप का सगा नहीं हो पाया वो अपने भाई का सगा कैसे हो सकता हैं।”

“वो सब तो ठीक है सुनीता और तेरे पापा को अपनी ग़लती का एहसास भी है... लेकिन अब आगे क्या, हमने तो यह बात अभी तक घर पर किसी को भी नहीं बताई है और जब तेरे भाई को पता चलेगा तो वो क्या कहेगा मुझे तो यह सोच-सोचकर घबराहट हो रही है।”

“मम्मी, भाई और भाभी अभी थोड़ी ही देर में आने वाले हैं।”

“क्या? लेकिन वो तो रात तक आने वाले थे न फिर जल्दी क्यों?”

“वो बात यूँ थी कि मैंने ही भाभी को फोन किया था।” और मैंने मम्मी को भाभी से हुई सारी बात बता दी,

“सत्यानाश... अब तो तेरे पापा मुझे जान से ही मार डालेंगे; उन्होंने कहा था कि यह बात मैं तुममें से किसी को भी न बताऊँ।”

“नहीं बताने का क्या मतलब था, इतनी बड़ी बात आप लोग हमसे छुपाना चाहते थे।” मैंने गुस्से में कहा,

“अरे नहीं बेटा वो बात नहीं है, दरअसल तेरे पापा अपने किये पर बहुत ही शर्मिंदा हैं, उन्हें ख़ुद पर ग़ुस्सा आ रहा है कि वो तेरे चाचा की चिकनी-चुपड़ी बातों में कैसे आ गये, इसलिए वो चाहते हैं कि बिना तुम लोगों को यह बात पता चले ही ख़त्म हो जाए, इसलिए वो पिछले दो दिनों से वकीलों के चक्कर काट रहे हैं।”

“यह मामला इतनी आसानी से सुलझने वाला नहीं हैं मम्मी; प्रॉपर्टी के पेपर्स पर पापा के साइन हैं, चाचा के पास सबूत है कि पापा ने अपनी मर्ज़ी से अपनी सारी प्रॉपर्टी उनके नाम की है।”

“तो फिर अब क्या होगा बेटा?”

“पता नहीं, मेरा तो दिमाग़ ही काम नहीं कर रहा है, सच मम्मी चाचा ने बहुत गन्दी चाल चली है हमारे साथ, भगवान उनको इसकी सज़ा ज़रूर देगा।” कहते-कहते मैं भावुक हो गयी,

“ऐसा बोलकर तू क्यों अपनी ज़ुबान ख़राब करती है, जिसकी जैसी करनी वैसी भरनी।”

“मामा आ गये, मामा आ गये” अचानक से रिंकू और सनी की आवाज़ सुन मम्मी और मैंने खुद को सँभाला,

“क्या हुआ सब ठीक तो है न मम्मी जी; मुझे सुनीता ने बताया कि।” कहते-कहते भाभी अचानक से रुक गयीं।

“मेरी बात हो गयी है भाभी, मम्मी से और मैंने जो आपको फोन किया था

उसके बारे में भी मम्मी को पता है।'' मेरे कहते ही भैया बोल पड़े,

''लेकिन हुआ क्या है, कोई मुझे भी बताएगा... पूरे रास्ते शिखा से पूछता रहा लेकिन उसने कुछ नहीं बताया''

''भैया दरअसल बात यह है कि... ''और मैंने उन्हें सारी बात विस्तारपूर्वक बता दी।

''हे भगवान, इतना सबकुछ हो गया और मम्मी जी आपने हमें कुछ पता नहीं लगने दिया; यह तो सुनीता आ गयी नहीं तो हमें कुछ पता ही नहीं चलता।''

''नहीं शिखा ऐसी कोई बात नहीं हैं, यह बात तुम लोगों को कभी ना कभी तो पता चल ही जाती, वैसे भी एक बात और हैं जो मैंने अभी तक तुम लोगों को नहीं बतायी है''

''अब क्या बात हैं मम्मी, अब क्या कर दिया चाचा ने।'' मेरे कहते ही, ''सुनीता, समर, शिखा बेटा हमें माफ़ कर देना, हमें एक महीने के अन्दर-अन्दर यह घर ख़ाली करना होगा''

''क्या? यह.... यह क्या बोल रही हैं मम्मी जी आप।'' भाभी ने जैसे ही रुआँसा होते हुए कहा।

''कहीं भी नहीं जाना है किसी को, अब यह घर हमें नहीं छोड़ना पड़ेगा।'' यह आवाज़ पापा की थी। उन्हें देख मैं और भाई पापा की ओर दौड़े,

''क्या हुआ पापा, तैयार हुआ कोई वकील हमारा केस लड़ने के लिये'' भाई के पूछते ही,

''नहीं, बल्कि केशव ने सारी प्रॉपर्टी मेरे नाम वापिस कर दी है।''

''यह क्या कह रहे हैं आप; अभी कुछ दिन पहले ही तो... और आज अचानक, कुछ साफ़-साफ़ क्यों नहीं बताते आप।'' मम्मी के कहते ही,

''हाँ पापा जल्दी बताइए हुआ क्या हैं।'' अब भाई के भी सब्र का बाँध टूटने लगा था,

''बधाई हो सुजाता जी, आपकी बद्दुआ रंग लायी।''

''यह कैसी बातें कर रहे हैं आप।''

“केशव को ब्रेन-ट्यूमर हुआ है, लास्ट स्टेज; उसे लगता हैं कि यह उसके बुरे कर्मो की सजा हैं, इसलिए उसने बुलाकर......” और कहते-कहते पापा अचानक से चुप हो गए, घर में एक अजीब सी चुप्पी छा गयी थी, लेकिन बच्चों के खेलने का शोर बरकरार था।

“चलिए हमें अभी नीता के पास चलना चाहिए, मैं जानती हूँ उसे, उस बेचारी का तो रो-रोकर बुरा हाल हो रहा होगा।” मम्मी के कहते ही,

“दिमाग़ ख़राब हो गया हैं, क्या आप दोनों का, क्या ज़रूरत है वहाँ जाने की... अरे सही तो है अपने कर्मो की सजा भुगत रहे हैं वो, तो भुगतने दीजिए न”

“चुपकर! ख़बरदार! सुनीता जो अब एक भी शब्द अपने मुँह से निकाला; देवर जी मेरे बेटे जैसे हैं और मैं उन्हें इस हाल में नहीं छोड़ सकती, चलिए जी जल्दी चलिए।”

मम्मी ने मुझे बुरी तरह से डाँटते हुए कहा और पापा को लेकर वहाँ से रवाना हो गयीं। और हम तीनों उन्हें जाते हुए देखते ही रहे। लेकिन अब मुझे यकीन हो चुका था कि रिश्तों के बीच कितनी ही दरार क्यों न आ जाए, उनके बीच कितनी ही कहा-सुनी क्यों न हो जाए, काम वो ही आते हैं एक-दूसरे के और ना ही कभी ख़त्म होती है महक रिश्तों की।

5

अतिथि देवो भवः

"मुझे तो मालूम ही नहीं था कि तुम इतना बदल जाओगी कि मैं तुम्हें पहचान ही नहीं पाऊँगा।"

"रजत तुम भी कमाल करते हो, हम दस साल बाद मिल रहे हैं, दस सालों में कुछ फर्क तो आयेगा न।"

"लेकिन तुमने तो मुझे आसानी से पहचान लिया नंदिनी।"

"हाँ, क्योंकि तुम में कोई ख़ास फ़र्क़ ही नहीं आया; पहले भी भोंदू लगते थे, अब भी भोंदू ही लगते हो।"

ऐसा कहते ही नंदिनी ज़ोर-ज़ोर से हँसने लगी,

"अगर तुम्हारा हँसना हो गया हो तो फटाफ़ट अपना नाश्ता खत्म करो, नहीं तो तुम्हारी बस निकल जायेगी।"

"आज ही वापिस जाना ज़रूरी है क्या आपका नंदिनी जी, कुछ दिन और रुक जातीं तो अच्छा लगता।"

पिछले काफी देर से चुप बैठी रजत की पत्नी राधिका ने पूछा,

"अरे नहीं राधिका रुक तो बिलकुल नहीं सकती, वहाँ पूना में पापा-मम्मी मेरा बेसब्री से इंतज़ार कर रहे होंगे, ये तो अगर तुम लोग यहाँ मुम्बई में नहीं होते तो मैं सीधी एयरपोर्ट से पूना ही जाती, ये तो रजत की दोस्ती मुझे यहाँ खींच लायी।"

"चलो ठीक हैं, तुम्हें याद तो रहा कि मैं तुम्हारा दोस्त हूँ, बल्कि मुझे तो

लगा था कि इन दस सालों में तुम मुझे भूल चुकी होगी।''

''जानते हो रजत, बारहवीं के बाद जब मैं पापा से ज़िद करके इंग्लैण्ड गई थी पढ़ने के लिये, तब मुझे इस बात का अंदाज़ा भी नहीं था कि तुम सब लोगों को मैं इतना मिस करूँगी कि मुझे भारत वापिस आने का फैसला लेना पड़ेगा; सच बताँऊ तो तुम भूलने की बात कर रहे हो बल्कि मैं तो कहूँगी कि तुम सबको एक पल के लिये भी नहीं भूल पायी।''

''वैसे नंदिनी जी इन दस सालों में क्या-क्या पढ़ाई की आपने वहाँ पर?''

''सबसे पहले तो तुम मुझे ये नंदिनी जी बोलना बंद करो... अरे भई तुम्हारे पति की दोस्त हूँ मैं, आराम से नाम लो मेरा।''

''माफ करना वो आदत नहीं है न।''

''कोई बात नहीं, आदत डाल लो अब; हाँ तो तुम क्या पूछ रही थीं?''

''आपकी पढाई के बारे में।''

''हाँ, सबसे पहले तो मैंने वहाँ से साइंस में ग्रेज़ुएशन की फिर पोस्ट ग्रेज़ुएशन की, और फिर पी. एच. डी, लेकिन नौकरी सिर्फ एक साल ही कर पायी और सबकुछ छोड़कर वापिस आ गयी अपने देश और अब तुम्हारे सामने हूँ।'' नंदिनी के अपनी बात पूरी करते ही रजत ने कहा,

''मुझे तो लगा था कि तुम कभी भी वापिस लौटकर नहीं आओगी।''

''हाँ लगा तो कुछ मुझे भी ऐसा ही था, लेकिन नहीं रह पायी मैं वहाँ तुम सबके बिना और इन दस सालों में मैंने खोया भी तो बहुत कुछ है, अपने सारे दोस्तों की शादी, अपने भाई-बहनों की शादी, यहाँ तक कि दादा-दादी के गुज़र जाने पर भी नहीं आ सकी; अपनी एक ज़िद की वजह से न जाने क्या-क्या खो दिया है मैंने।'' ऐसा कहते हुए नंदिनी भावुक हो गयी।

''चलो चलो फटाफट अगर तुम्हारी बस निकल गयी तो तुम्हें खाना भी खिलाना पड़ेगा हमें'' रजत ने भावुक होती हुई नंदिनी का मूड ठीक करने के इरादे से कहा,

''हाँ भई जल्दी निकलना होगा; अगर मम्मी के फोन आने शुरू हो गये तो बड़ी मुश्किल हो जाएगी। अच्छा राधिका अब मैं चलती हूँ लेकिन जल्द ही

वापिस आऊँगी।''

''वापिस, वो क्यों मेरा मतलब है क्या ज़रूरत है वापिस आने की।'' रजत ने मज़ाक़ करते हुए कहा,

''ओह मि. रजत तुम सोच रहे हो उतना जल्दी पीछा नहीं छूटने वाला मुझसे... तुम्हें बताया तो था मैंने जिस कम्पनी में एप्लाई किया है वो मुम्बई में ही है।''

''ओह हाँ, इसका मतलब इतना आसान नहीं होगा तुमसे पीछा छुड़ाना'' ऐसा कहते हुए रजत मुस्कुराते हुए नंदिनी का सामान उठा गाड़ी की ओर जाने लगा। नंदिनी वापिस जा चुकी है, लेकिन राधिका के मन में ढेरों सवाल छोड़कर,

''रजत तुम कब से जानते हो नंदिनी को?''

''स्कूल टाइम से, क्यों क्या हुआ?''

''नहीं कुछ नहीं बस ऐसे ही पूछ लिया।'' राधिका के दिमाग़ में शक का कीड़ा जन्म ले चुका था,

''वैसे नंदिनी मुम्बई कब आ रही हैं?''

''पता नहीं, मेरा मतलब है मैंने उससे पूछा नहीं, वैसे तुम इतने सवाल क्यों पूछ रही हो?'' रजत ने जैसे ही राधिका की ओर सवालिया नज़रों से देखते हुए पूछा,

''नहीं नहीं वो तो मैं वैसे ही पूछ रही हूँ; चाय पियेंगे आप?'' राधिका ने बातों का रुख़ मोडने के इरादे से कहा और चाय बनाने के लिये किचन की ओर चली गयी। लेकिन रजत समझ चुका है कि राधिका के मन में उसे और नंदिनी को लेकर शक आ चुका हैं, और उसने राधिका के दिमाग़ से ये ग़लतफ़हमी जल्द से जल्द निकालने का फैसला किया,

''राधिका!''

''अरे आप यहाँ क्यों आ गये, मैं ला रही हूँ न चाय''

''राधिका, मुझे तुमसे कुछ बात करनी हैं''

“हाँ कहिए न”

“राधिका मैं जानता हूँ कि तुम्हारे मन में नंदिनी और मेरे रिश्ते को लेकर शक आ चुका है, लेकिन तुम मेरा यकीन करो ऐसा कुछ भी नहीं है... हमारी स्कूलिंग होते ही वो विदेश चली गयी उसके बाद मुश्किल से दो या चार बार हमारी फोन पर बात हुई होगी, उसके बाद बस आज ही मिलना हुआ है।”

“इतने सालों बाद भी वो हमारे घर ही क्यों आयी, वो भी अचानक से। सीधा पूना भी तो जा सकती थी न”

“हाँ बात तो तुम्हारी सही है, शायद मुम्बई में मैं ही एक उसका दोस्त हूँ इसलिए मिलने का मन हुआ होगा।”

“पता नहीं, लेकिन मुझे उसका आना कुछ अजीब लगा” राधिका के कहते ही,

“चलो छोड़ो ये सब बातें, बस इतना विश्वास रखो कि तुम्हारा पति केवल तुम्हारा ही है।”

ऐसा कहते ही रजत ने राधिका को अपने गले से लगा लिया। नंदिनी को गये हुए अब एक महीने से ज़्यादा हो चुका है। इस दौरान न तो उसका कोई फोन आया और न ही रजत ने उससे कोई सम्पर्क करने की कोशिश की। लेकिन एक दिन अचानक फिर से नंदिनी रजत के घर आ गयी... लेकिन इस बार उसके पास सामान पहले से भी ज़्यादा हैं,

“अरे नंदिनी तुम यहाँ!” रजत ने अचानक से आयी नंदिनी से पूछा,

“हाँ भई मैं यहाँ।” रजत शायद तुम भूल रहे हो कि मैंने कहा था जिस कम्पनी मैं मैंने अप्लाई किया है वो मुम्बई में है।”

“हाँ कहा तो था तुमने।”

“बस इसलिए मैं यहाँ आयी हूँ, दरअसल कल मेरा नौकरी का पहला दिन हैं और तुम्हारे घर आने के अलावा और जाती भी कहाँ, अगर कहीं ओर रहने के लिये चली भी जाती तो तुम ही मुझे अपने यहाँ ले आते, ये कहते हुए कि नंदिनी मेरा घर होते हुए तुम कहीं ओर क्यों रहोगी, क्यों सही कहा न मैंने रजत।”

“हाँ हाँ-हाँ, आओ बैठो मैं राधिका को तुम्हारे आने की ख़बर देता हूँ।”

ऐसा कहते हुए जैसे ही रजत ने अंदर जाकर राधिका को नंदिनी के बारे में बताया वो ग़ुस्से से तमतमाने लगी,

"रजत मैं सच कह रही हूँ, या तो तुम उस नंदिनी को यहाँ से जाने के लिये बोलो या फिर मैं निकालती हूँ उसे।"

"राधिका थोड़ा धीरे बोलो वो बाहर ही बैठी है सुन लेगी तो अच्छा नहीं लगेगा।"

"मेरी बला से अच्छा लगे या बुरा मुझे कोई फ़र्क़ नहीं पड़ता" ऐसा कहते हुए जैसे ही राधिका नंदिनी के पास उससे बात करने के लिये जाने लगी, सामने से नंदिनी आ गयी।

"हैलो राधिका, कैसी हो!"

"हैलो, मैं ठीक हूँ आप कैसी हैं।"

"अच्छी हूँ, वैसे भी अब तुम्हारे यहाँ रहूँगी तो तुम्हारे हाथ का अच्छा-अच्छा खाना खाकर और भी अच्छी हो जाऊँगी।"

"वो सब ठीक है नंदिनी लेकिन मुझे तुमसे कुछ कहना है।"

"मैं जानती हूँ कि तुम क्या कहना चाहती हो... यही न कि मैं किसी भी प्रकार का कोई संकोच ना करूँ यहाँ रहने में और इस घर को अपना ही घर मानूँ।" ऐसा कहते ही नंदिनी राधिका की ओर देख मुस्कुराने लगी,

"तुम बैठो मैं नाश्ते की तैयारी करती हूँ।" निराश राधिका नाश्ता लगाने के बहाने से रजत की ख़बर लेने अंदर चली गयी।

"सुना तुमने क्या कह रही हैं नंदिनी! मैंने तो सोचा भी नहीं था कि तुम्हारा कोई दोस्त इतना चालाक भी होगा,

"राधिका, सच बताऊँ तो मुझे भी ये सब नहीं पता था दरअसल मैं नंदिनी के सम्पर्क में कभी रहा ही नहीं।"

"ये लो जिसके सम्पर्क में तुम कभी रहे ही नहीं वो इस कदर हमारे गले पड़ जायेगी यक़ीन ही नहीं हो रहा है।"

"राधिका तुम बिलकुल भी चिंता मत करो, मैं अब समझ चुका हूँ कि

नंदिनी का क्या प्लान है।''

''प्लान? क्या प्लान, मैं कुछ समझी नहीं।''

''राधिका तुमने एक कहावत सुनी है, ज़रूरत पडने पर गधे को भी बाप बनाना पड़ता हैं''

''हाँ तो इस वक़्त इस कहावत से क्या लेना-देना''

''लेना-देना ये है राधिका कि इस वक़्त हम गधे हैं।''

''मतलब?'' राधिका ने रजत की ओर आश्चर्य से देखते हुई पूछा,

''अरे भई सीधी-सी बात हैं, इस वक़्त नंदिनी को मुम्बई जैसे बड़े और महँगे शहर में अपने रहने का ठिकाना बनाना है, सो उसने वो हमारे घर में बनाया।''

''लेकिन हमारा घर ही क्यों कहीं ओर भी तो रह सकती हैं न वो।''

''हाँ रह तो सकती हैं, शायद इस पूरे शहर में उसका हमारे अलावा कोई है ही नहीं।''

''मैं तो ऐसे लोगों को स्वार्थी कहती हूँ।'' राधिका के कहते ही,

''हाँ, स्वार्थी तो होते हैं ऐसे लोग, लेकिन ऐसा करते हुए उस बेचारी पर न जाने क्या बीत रही होगी।'' रजत ने अपने चेहरे पर दया का भाव लाते हुए जैसे ही कहा,

''मुझे पता था कि तुम्हारे दिल में उस नंदिनी को लेकर सॉफ़्ट-कॉर्नर है।''

''नहीं राधिका तुम ग़लत समझ रही हो, ज़रा अपने आप को इस स्थिति में रखकर देखो कि एक अंजान शहर में किसी अकेली लड़की का रहना कितना मुश्किल होता है; ऐसे में नंदिनी ने हमारा थोड़ा फ़ायदा उठा लिया तो क्या बुरा किया।''

''रजत मैं सब समझ गयी, अब तुम मेरी ओर से बिलकुल भी फ़िक्र मत करो, मैं नंदिनी को महसूस भी नहीं होने दूँगी कि वो हमारे घर में मेहमान है... रजत तुमने बिलकुल सही कहा किसी भी लडकी के लिए अंजान शहर में रहना कितना मुश्किल होता है... वैसे भी ज़माना इतना ख़राब हैं कि इंसान केवल

अपनों पर ही विश्वास कर पाता है और हमें तो ख़ुश होना चाहिए कि नंदिनी ने हमें अपना समझा और रजत मैं तुमसे वादा करती हूँ कि अपने इस अतिथि को शिकायत का मौक़ा नहीं दूँगी। अच्छा अब मैं रसोई में जाकर खाना बनाने की तैयारी करती हूँ, तुम नंदिनी से कहो फ्रेश होकर खाना खाने आ जाये।'' ऐसा कहते हुए राधिका मुस्कुराती हुई रसोई की ओर चली गयी।

6

ख़ता परवरिश में

पैंसठ वर्षीय दयाशंकर जी अपने घर के बरामदे में बैठे भजन गुनगुना रहे थे, ''रघुपति राघव राजा राम पतित पावन सीता-राम, सीता-राम, सीता-राम सबको सन्मति दे भगवान।'' इतने में ही उनकी बहू मोहिनी चाय लेकर वहाँ आ गयी,

''पापाजी, ये लीजिए आपकी चाय ख़ास अदरक डालकर बनायी है आपके लिए।''

''ख़ुश रहो बेटा ईश्वर तुम्हारी हर मनोकामना पूर्ण करें।''

''अच्छा पापाजी आप चाय पीजिए मैं चलती हूँ।'' मोहिनी ने मुस्कुराते हुए कहा,

''तुम भी मेरे पास बैठकर चाय पीती तो अच्छा था।''

''ज़रूर पीती पापाजी अगर मेरे पास टाइम होता तो... अब देखिए न आप अभी तो ऑफ़िस से आयी हूँ और अब बच्चों को डांस क्लास के लिये छोड़ने जाना है।''

''माफ़ करना बेटा मैं तो भूल ही गया था... दरअसल बूढ़ा होने लगा हूँ न शायद अब इसलिए कुछ याद नहीं रहता।''

''ऐसा कुछ नहीं है पापाजी, अच्छा अब मैं चलती हूँ, कोई ज़रूरत हो तो आप शारदा को आवाज़ लगा लेना।'' ऐसा कहते हुए मोहिनी चली गयी।

मोहिनी, दयाशंकर जी के इकलौते बेटे विनोद की पत्नी है... पन्द्रह साल

पहले इन दोनों की शादी हुई थी, अरेंज मैरिज थी दोनों की। दयाशंकर जी के ऑफ़िस में काम करने वाले एक कर्मचारी ने रिश्ता बताया था मोहिनी का, मिलने पर विनोद और दयाशंकर जी दोनों को ही मोहिनी पहली नज़र में ही भा गयी थी। अगर विनोद की माँ रुक्मणी जिन्दा होतीं तो अपने बेटे की शादी धूम-धाम से करतीं, लेकिन उस बेचारी की क़िस्मत में ये सब सुख कहाँ, उसने तो अपने बेटे विनोद को भी जी भरकर नहीं देखा... तबीयत ज़्यादा बिगड़ जाने की वजह से विनोद को जन्म देते ही वो चल बसी। उसके बाद तो जैसे दयाशंकर जी ही विनोद की माँ थे और वही उसका बाप। उनकी दिनचर्या अब विनोद के हिसाब से चलने लगी थी... उसके खाने-पीने, सोने-जागने सबका बख़ूबी ख़याल रखते थे। दयाशंकर जी के घरवालों ने तो कहा भी था दूसरी शादी के लिये, लेकिन वो ही अपने बेटे के लिए सौतेली माँ नहीं लाना चाहते थे इसलिए उन्होंने उसके इर्द-गिर्द ही अपनी छोटी-सी दुनिया बना ली थी।

वक़्त गुज़र रहा था और सब कुछ अच्छा ही चल रहा था। शादी के दो साल बाद मोहिनी ने जुड़वाँ बेटियों को जन्म दिया तो घर में मानो दुनियाभर की ख़ुशियाँ आ गयी थीं। दयाशंकर जी तो जैसे ही काम से लौटते ही अपनी पोतियों के साथ खेलने लग जाते। उन्होंने ही तो अपनी पोतियों के नाम रखे थे- रिया और सिया। सभी बहुत खुश थे। कभी-कभी तो ड़र लगने लगता कि कहीं इन ख़ुशियों को किसी की नज़र न लग जाए। और हुआ भी कुछ ऐसा ही। अभी आठ साल पहले की ही तो बात है, उस दिन शाम को विनोद ऑफ़िस से मिठाई का डिब्बा लेकर लौटा था,

"विनोद मिठाई का डिब्बा, कोई ख़ुशख़बरी हैं क्या?"

"हाँ मोहिनी, मेरा प्रमोशन हो गया है।"

"अरे वाह! क्या बात हैं, जाओ जाकर यह ख़ुशख़बरी पापाजी को भी सुनाओ।"

विनोद ने जब ये ख़ुशख़बरी दयाशंकर जी को सुनायी तो वो अपने बेटे की तरक़्क़ी पर फूले नहीं समाये।

"और जानती हो मोहिनी, मुझे कम्पनी की तरफ़ से दो साल के लिए कनाडा भेजा जा रहा है पूरे परिवार के साथ।"

"क्या कहा तुमने पूरे परिवार के साथ? विनोद बचपन से मेरी बहुत इच्छा

थी विदेश घूमने की अब पूरी हो जाएगी।''

''हाँ अगले ही महीने निकलना होगा हमें।''

''लेकिन विनोद हम सब चले जायेंगे तो दो साल के लिये घर की देखभाल कौन करेगा... ज़माना कितना ख़राब है, मुझे नहीं लगता कि इतने लम्बे वक़्त के लिए हमें घर में ताला लगाना चाहिए; ऐसा करते हैं ऊपर वाले हिस्से में एक किरायेदार रख लेते हैं, घर की देखभाल भी हो जाएगी और हमारे लौटने के बाद घर ख़ाली करवाने की जल्दी भी नहीं रहेगी।''

''यह क्या बोले जा रही हो तुम; घर पर ताला, किरायेदार... क्या ज़रूरत हैं इन सब बातों की, घर पर पापाजी तो होंगे ही न, वो देखभाल करेंगे न घर की।''

''विनोद, पापाजी तो हमारे साथ चलेंगे न''

''नहीं मोहिनी मैं अपने परिवार को साथ लेकर जा सकता हूँ पापाजी को नहीं।''

''क्यों, पापाजी हमारा परिवार नहीं हैं क्या और वो यहाँ रहेंगे कहाँ?''

''इसकी चिंता तुम मत करो मैंने सब सोच लिया है; हमारे वापिस आने तक पापाजी के साथ एक नौकर रहेगा; क्यों पापाजी आपको कोई ऐतराज़ तो नहीं है न?''

''नहीं बेटा मुझे ऐतराज़ कैसा, तुम लोग आराम से जाओ मेरी चिन्ता मत करो।''

''हाँ तो फिर ठीक है, वैसे भी दो साल की ही तो बात है वो तो यूँ ही गुज़र जाएँगे चुटकियों में।''

''तुममें कुछ शर्म हैं या नहीं!'' मोहिनी ने विनोद पर लगभग चिल्लाते हुए कहा,

''अरे इसमें ग़लत ही क्या है?''

''क्यों भूल गये वो समय जब पापाजी ने मम्मी जी के जाने के बाद अपनी ज़िन्दगी तुम्हारे हिसाब से जीनी शुरू कर दी, तुम्हे माँ-बाप दोनों का प्यार दिया,

एक दिन के लिये भी तुम्हें अकेला नहीं छोड़ा और अब तुम उन्हें अकेला छोड़ने के बारे में सोच भी कैसे सकते हो।''

''मोहिनी तुम कहीं की बात कहीं लेकर जा रही हो और वैसे भी पापाजी ने जो कुछ भी मेरे लिए किया, कोई एहसान नहीं किया, यह तो फ़र्ज़ था उनका।''

''तो तुम अपना फ़र्ज़ क्यों नहीं निभा पा रहे हो विनोद?'' मोहिनी की आवाज़ में ग़ुस्सा साफ़ झलक रहा था,

''भगवान के लिए चुप हो जाओ तुम दोनों, मत लड़ो मेरे लिए, मुझे कोई ऐतराज़ नहीं है अकेले रहने में, जाओ तुम लोग और जिओ अपनी ज़िन्दगी।'' कहते-कहते दयाशंकर जी की आँखों से आँसू बहने लगे,

''पापाजी...''

''बस मोहिनी बेटा, अकेला छोड़ दो मुझे, बहुत दुःख की बात है ये मेरे लिए कि मेरे बेटे-बहू मेरी वजह से झगड़ रहे हैं।''

ऐसा कहते हुए दयाशंकर जी अपने कमरे में चले गये। विनोद के द्वारा इतनी ख़ुशी की ख़बर सुनाने के बाद भी घर में जैसे मातम-सा छा गया।

''मोहिनी मैं आखिरी बार पूछ रहा हूँ, क्या तुम मेरे साथ कनाडा चल रही हो या नहीं?''

''नहीं।''

''मोहिनी तुम समझती क्यों नहीं हो, कम्पनी केवल हमारा ही ख़र्चा उठाएगी, पापाजी का नहीं।''

''हाँ तो ठीक है न, हमारा ख़र्चा कम्पनी उठाएगी और पापाजी का ख़र्चा हम उठायेगे, वैसे भी कमी क्या हैं हमारे पास पैसे की।''

मोहिनी ज़िद पर ही अड़ चुकी थी और विनोद ने तो जैसे फ़ैसला ही कर लिया था दयाशंकर जी को साथ नहीं ले जाने का। कुछ दिनों तक इस मुद्दे पर बहस हुई। घर में झगड़े भी हुए, लेकिन दोनों पति-पत्नी अपनी-अपनी ज़िद पर अड़े रहे, दयाशंकर जी ने भी बहुत समझाने की कोशिश की मोहिनी को, लेकिन वो जैसे कुछ समझने को ही तैयार नहीं थी। आखिरकार एक महीने बाद विनोद अकेला ही कनाडा के लिये रवाना हो गया और इधर घर पर दयाशंकर जी अपनी

बहू व पोतियों को अपने बेटे के साथ नहीं भेज पाने की वजह से ख़ुद को अपराधी महसूस कर रहे थे,

"मोहिनी बेटा इतनी ज़िद भी अच्छी नहीं है, तुम्हें विनोद के साथ जाना चाहिए था, उसको भी अच्छा लगता।"

"और पापाजी आपका क्या..."

"मेरा क्या है बेटा दो साल की ही तो बात थी गुज़र जाते जैसे-तैसे"

"नहीं पापाजी, बहुत कष्ट उठाये हैं आपने ज़िन्दगी में अब और नहीं; विनोद यह बात समझे या ना समझे लेकिन मैं समझती हूँ।" दयाशंकर जी समझ ही नहीं पा रहे थे कि इतनी अच्छी बहू पाने की ख़ुशी मनाएँ या स्वार्थी बेटा पैदा करने का दुःख। धीरे-धीरे समय बीतता गया और दो साल भी गुज़र गये, कोई नहीं भूल सकता वो दिन जब विनोद कनाडा से वापिस आने वाला था। सब बहुत ख़ुश थे। बीती बातें भुलाकर उसका स्वागत करना चाहते थे।

उस दिन घर में सुबह से ही त्योहार का माहौल था। विनोद के स्वागत की तैयारियाँ चल रही थीं। मोहिनी अपनी दोनों बेटियों के साथ मिलकर घर की सजावट कर रही थी। दयाशंकर जी भी तो अपनी दोनों पोतियों के नन्हे-नन्हे हाथों से घर को सजता हुआ देख ख़ुश थे। उससे ज्यादा ख़ुशी उन्हें इस बात की थी कि उनकी वजह से अलग हुए उनके बेटे-बहू अब एक हो जायेंगे।

"पापा आ गये! पापा आ गये!" इतने में ही सिया चिल्लायी। घर के सभी सदस्य बाहर की ओर दौड़े। गाड़ी से विनोद उतर रहा था और साथ में एक महिला भी थी,

"यह कौन है।" दयाशंकर जी धीमे से बड़बड़ाये जो कि मोहिनी ने सुन लिया।

"पापाजी शायद विनोद के ऑफ़िस की कोई कर्मचारी होगी, एक ही टैक्सी में आ गये होंगे दोनों।"

"हाँ यही होगा।"

ससुर-बहू दोनों बात कर ही रहे थे इतने में ही विनोद व वो महिला उनके सामने आकर खड़े हो गये,

“प्रणाम पापाजी!” विनोद ने जैसे ही दयाशंकर जी के पैर छुए,

“ख़ुश रहो बेटा।”

“भीतर चलिए बाहर बहुत गर्मी है” मोहिनी अपनी ख़ुशी छुपा ही नहीं पा रही थी। सभी अब घर के अन्दर आ चुके थे,

“आपने इनका परिचय तो हमसे करवाया ही नहीं।” मोहिनी ने विनोद से कहा। दरअसल वो उस महिला के बारे में जानने के लिए बहुत ही उत्सुक थी,

“ये... ये इसका नाम रुचि है, भारत की ही रहने वाली हैं, पिछले कुछ सालों से कनाडा में नौकरी कर रही थीं; हमारी मुलाकात कनाडा की कम्पनी में ही हुई थी।”

“ओह तो ये इंडिया अपने परिवार के पास आयी हैं... कहाँ है आपका घर?”

मोहिनी के पूछते ही, “पापाजी! मोहिनी! दरअसल मुझे आप लोगों से कुछ बात करनी है... मैं रुचि से प्यार करने लगा हूँ और इससे शादी करना चाहता हूँ, लेकिन जब तक मोहिनी से तलाक़ नहीं हो जाता मैं रुचि से शादी नहीं कर सकता, आप लोग समझ रहे हैं न मेरी बात।”

“हाँ बेटा बहुत अच्छी तरह से समझ रहे हैं और तुम... शर्म नहीं आती तुम्हे एक बसी-बसाई गृहस्थी उजाड़ते हुए?” दयाशंकर जी अब अपना आपा खो चुके थे,

“ख़बरदार पापाजी जो आपने रुचि से कुछ कहा मुझसे बुरा कोई नहीं होगा”

“बस.... इससे आगे एक शब्द नहीं, मैं कुछ भी बर्दाश्त कर सकती हूँ लेकिन पापाजी का अपमान नहीं! आपको तलाक़ चाहिए न मुझसे, मिल जायेगा लेकिन अभी इसी वक़्त इस औरत को लेकर घर से निकल जाइए”

मोहिनी ने गुस्से में चिल्लाते हुए कहा,

“तुम होती कौन हो मुझे घर से निकालने वाली, मेरे बाप का घर है ये, निकलना है तो तुम निकलो यहाँ से।”

“पापाजी! पापाजी क्या हो गया आपको।” इतने में ही गिरते हुए

दयाशंकर जी को सँभालने के लिए मोहिनी दौड़ी।

"जल्दी से कोई डॉक्टर को बुलाओ, लगता है पापाजी को हार्ट-अटैक आया है।"

"मैं गाड़ी निकालता हूँ इन्हे हॉस्पिटल ले जाना होगा।" कुछ देर पहले वहाँ क्या चल रहा था यह बात सब भूल चुके थे और सभी दयाशंकर की सेवा में लग गये। डॉक्टरों के मुताबिक़ उन्हें माइनर हार्ट-अटैक आया था। कुछ ही दिनों में दयाशंकर जी ठीक होकर घर वापिस आ गये। उनकी हालत सुधरते देख विनोद ने फिर से वही बात छेड़ दी।

"पापाजी क्या सोचा है आपने, क्या आपको रुचि अपनी बहू के रूप में मंज़ूर है?"

"मोहिनी, बेटा इससे कह दो कि इसी वक़्त इस औरत को लेकर घर से निकल जाए... और हाँ मेरी बेटी तुम्हें तलाक़ देने के लिये तैयार है, मोहिनी सही कहा न बेटा मैंने?" दयाशंकर जी मोहिनी की ओर ऐसे देखने लगे जैसे जो भी उन्होंने कहा उस पर मोहिनी की स्वीकृति की मोहर चाहते हों।

"हाँ पापा आपने बिलकुल सही कहा... निकल जाइए आप दोनों इसी वक़्त मेरे घर से, वैसे भी आप जैसी एहसानफ़रामोश औलाद की किस माँ-बाप को ज़रूरत होगी।" इतना अपमान होने के बाद विनोद अब कुछ भी कहने की हालत में नहीं था। वो चुपचाप कुछ ही देर में रुचि को लेकर घर से निकल गया। तलाक़ का केस कुछ सालों तक कोर्ट में चला, लेकिन इस दौरान मोहिनी और विनोद के बीच कोई बातचीत नहीं थी। अब मोहिनी अपने ससुर और दोनों बेटियों के साथ ख़ुशी-ख़ुशी रहती है। घर के किसी भी सदस्य का विनोद से अब कोई लेना-देना नहीं हैं, लेकिन दयाशंकर जी को आज भी यह लगता हैं कि उनकी बहू उनसे अपना दुःख छुपाने का असफल प्रयास करती है।

7

जानलेवा शराब

“आ गये आप! आज फिर बड़ी देर लगा दी आपने आने में; रात का एक बज रहा है, मुझे आपकी चिंता हो रही थी; अब फटाफट हाथ मुहँ धो लीजिए, मैं आपका खाना लगा देती हूँ।”

“हुकुम देती है तू मुझे, नौकर समझ रखा है तूने मुझे अपना... नहीं धोता हाथ-मुँह बोल क्या कर लेगी तू मेरा।”

“आप चिल्ला क्यों रहे हैं और आज फिर शराब पीकर आये हैं क्या आप... अरे सुबह ही तो आपने मुझसे वादा किया था कि अब कभी शराब नहीं पिएँगे, फिर भी पीकर आ गये।”

“ऐ फालतू की ज़ुबान मत चला मेरे साथ, नहीं निभाना मुझे कोई वादा; रोज़ पीकर आऊँगा शराब, बोल क्या कर लेगी तू मेरा।”

“सुनिए, थोड़ा धीरे बोलिए बच्चे सो रहे हैं।”

“नहीं बोलूँगा धीरे, अगर कोई उठे तो उठ जाये, मुझे कोई फ़र्क़ नहीं पड़ता।” ये बहस कृष्णा और उसके शराबी पति रोशन के बीच लगभग रोज़ ही होती थी। दस साल पहले कृष्णा के पिता ने उसकी शादी एक सरकरी नौकरी करने वाले रोशन से की थी, शुरू-शुरू में तो सब कुछ अच्छा ही था। हर दम्पति की तरह से उनके बीच भी बहुत प्यार था... लेकिन बुरी संगति में पड़ जाने की वजह से रोशन को पीने की आदत पड़ गयी। कृष्णा ने समझाने की बहुत कोशिश की, गर्भ में पल रहे बच्चे की क़सम भी दी। उसके बाद रोशन ने शराब को हाथ नहीं लगाया, लेकिन कुछ दिनों बाद फिर से पीना शुरू कर दिया।

कृष्णा ने रोशन की शराब छुड़ाने की हर सम्भव कोशिश की... कभी प्यार से तो कभी डाँटकर। कृष्णा के कहे का कुछ दिन तो असर होता लेकिन फिर से वो पीने लग जाता। अब उन दोनों की शादी को दस साल हो चुके हैं। इस दौरान इनके दो बच्चे भी हुए, लेकिन कृष्णा द्वारा अपने पति रोशन की शराब छुड़वाने की कोशिश आज भी जारी है। अगले दिन सुबह उठते ही,

"कृष्णा सिर में बहुत दर्द हो रहा है, क्या एक कप चाय मिलेगी?"

"हाँ अभी लायी" ऐसा कहते हुए कृष्णा ग़ुस्से से रसोई में चाय लेने चली गयी। अपनी पत्नी को इस तरह से ग़ुस्से में देख रोशन समझ गया कि ज़रूर वो उसके शराब पीकर आने की वजह से ही ग़ुस्सा है। वो उसे मनाने उसके पीछे-पीछे रसोई में चल दिया।

"कृष्णा प्लीज़ मुझे माफ कर दो, मैं वादा करता हूँ आज के बाद फिर कभी नही पिऊँगा"

"बस करो रोशन बहुत हो गया, थक गयी हूँ मैं तुम्हें समझाते-समझाते, लेकिन तुम्हें तो कोई फ़र्क़ ही नहीं पड़ता है, अरे कुछ नहीं तो अपने बच्चों के बारे में तो सोचो; रोशन उन पर तुम्हारी इस हरकत का कितना बुरा असर पडता हैं।"

"पता नहीं मुझे क्या हो जाता हैं, लेकिन आज बच्चों की क़सम खाकर कहता हूँ कि मैं सुधरने की पूरी कोशिश करूँगा बस एक मौक़ा और दे दो। ना जाने क्यों इस बार कृष्णा को रोशन की बातों में सच्चाई नज़र आयी और उसने रोशन को एक और मौक़ा देने का फ़ैसला किया। दो दिन बाद अचानक रोशन की तबीयत ख़राब होने लगी।

"रोशन जल्दी अस्पताल चलो तुम्हारी तबीयत ख़राब हो रही हैं"

"नहीं कृष्णा अगर मैं थोड़ी-सी पी लूँगा तो ठीक हो जाऊँगा... दो दिनों से नहीं पी है इसलिए बैचेनी हो रही है।"

"नहीं रोशन ये शराब पीने की बेताबी नहीं बल्कि कुछ ओर है।"

"चुप रहो! यह फ़ैसला करने वाली तुम कौन होती हो कि मुझे क्या हुआ हैं, मैं कह रहा हूँ न थोडी-सी पी लूँगा तो ठीक हो जाऊँगा।" रोशन ग़ुस्से से चिल्लाने लगा और एकाएक ही घर का सारा सामान उठाकर इधर-उधर फेंकने

लगा,

"ये क्या कर रहे हैं आप?" जैसे ही कृष्णा, रोशन को रोकने की कोशिश करने लगी, रोशन! एकदम से बेहोश होकर गिर गया।

"रोशन उठिए, क्या हुआ है आपको... रोशन! रोशन!" कृष्णा रोशन का ये हाल देख बुरी तरह से घबरा गयी,

"माँ-माँ क्या हुआ है पापा को वो मर गये क्या?" छोटे से सनी के मुँह से ये बात सुन कृष्णा ने ग़ुस्से में उसे ज़ोरदार तमाचा जड़ दिया,

"चुपकर! शर्म नहीं आती हैं ऐसा बोलते हुए।" और ऐसा कहते ही कृष्णा घर से बाहर की ओर दौड़ी पडोसियों से मदद मागँने और कुछ ही देर में पड़ोसियों की मदद से रोशन को अस्पताल ले जाया गया।

"क्या हुआ डॉक्टर साहब रोशन को, वो इस तरह से अचानक से बेहोश क्यों हो गया?" कृष्णा ने बैचेन होते हुए पूछा,

"क्या आपके पति शराब पीते हैं?"

"हाँ, लेकिन पिछले दो दिनों से उन्होने शराब को हाथ भी नहीं लगाया है।"

"उससे कोई फ़र्क़ नहीं पड़ता है, ये पहले ही इतनी शराब पी चुके हैं कि इनका लिवर पूरी तरह से खराब हो चुका है मैडम।"

"कुछ भी कीजिए डॉक्टर साहब लेकिन मेरे पति को बचा लीजिए।"

"देखिए मैडम हम अपनी तरफ से पूरी कोशिश करेंगे, लेकिन मैं कोई वादा नहीं कर सकता हूँ।" ऐसा कहते ही डॉक्टर साहब अपने केबिन में चले गये। कृष्णा के लिए यह वक़्त बहुत ही मुश्किलों भरा है। वो पूरी तरह से टूट चुकी है। जब उसने अपने रिश्तेदारों को रोशन के बारे में बताया और उनसे मदद की गुहार की तो सभी ने उससे मुँह मोड़ लिया। कृष्णा ने तो कभी सपने में भी नहीं सोचा था कि जिन रिश्तेदारों की मदद के लिये वो हमेशा तत्पर रहती थी, वही रिश्तेदार आज उससे मुँह मोड़ लेंगे। रोशन को अस्पताल में भर्ती हुए आज एक हफ्ते से भी ज़्यादा हो चुका है, लेकिन उसकी तबीयत में ज़रा भी सुधार नहीं है, दूसरी ओर लगातार दवाइयों पर होने वाले ख़र्चे की वजह से आर्थिक हालात भी प्रभावित हो रहे हैं और अब तो कृष्णा के लिए रोशन एवं बच्चों दोनों को ही

सँभालना मुश्किल हो रहा है... वो हिम्मत हार चुकी है।

"डॉक्टर साहब मेरा रोशन कब तक ठीक हो जायेगा?"

"देखिए मैडम हम अपनी तरफ़ से पूरी कोशिश कर रहें हैं, लेकिन आपके पति की बॉडी रिएक्ट ही नहीं कर रही है, उनके ठीक होने की इच्छा शक्ति ही ख़त्म होती जा रही है।"

"नहीं ऐसा नहीं हो सकता, मेरा रोशन अपने बच्चों से बहुत प्यार करता हैं, वो उनके लिए ज़रूर जीना चाहेगा, आप अपनी ओर से उसके इलाज में कोई कसर मत छोड़िए।"

"मैडम हम तो अपनी तरफ़ से कोशिश कर ही रहे हैं लेकिन रोशन के ठीक होने के मुश्किल से दो प्रतिशत ही चांस हैं।" डॉक्टर साहब कृष्णा से बात कर ही रहे थे कि अचानक से वहाँ दौडती हुई नर्स आयी।

"डॉक्टर साहब प्लीज़ जल्दी चलिए इनके पति की तबीयत ख़राब हो रही है।" नर्स ने कृष्णा की ओर इशारा करते हुए कहा।

"नहीं कुछ नहीं हो सकता मेरे रोशन को!" ऐसा कहते हुए कृष्णा भी डॉक्टर साहब के पीछे-पीछे रोशन को देखने के लिये दौड़ी, लेकिन वो वार्ड में अंदर जाती उससे पहले ही नर्स ने बाहर रोक लिया।

"आप अभी बाहर ही रहिए, डाक्टर साहब चेकअप कर रहे हैं।" बैचेन कृष्णा ऊपरवाले से दुआ करते हुए रोशन के वार्ड के बाहर इधर-उधर चक्कर लगाने लगी। लेकिन जब थोड़ी ही देर बाद उसने डाक्टर साहब को मुँह लटकाकर वार्ड से बाहर निकलते हुए देखा तो वो सब समझ गयी... लेकिन यक़ीन करने के लिये तैयार नहीं थी।

"मैडम, सॉरी हम रोशन को नहीं बचा सके" डॉक्टर साहब के कहते ही कृष्णा, रोशन को देखने उसके वार्ड की ओर चल दी। आज रोशन को गुज़रे हुए एक महीना बीत चुका है। उसके बिना कृष्णा और उसके बच्चे ज़िन्दा तो हैं, लेकिन शायद इससे अच्छी तो मौत होती होगी। इस मनहूस शराब ने एक परिवार ख़त्म कर दिया। शराब पीना कितना ख़तरनाक हो सकता है ये बात न जाने कब समझेंगे लोग।

8

बेटी का प्यार

"सीमा इधर आना!"

"जी माँ कहिए कुछ काम है?"

"बेटा मेरी दवा नहीं मिल रही है।" कुमुद ने अपने दायें-बाँये देखते हुए कहा,

"कौन-सी दवा माँ?" सीमा के पूछते ही,

"अरे वही जो मैं रात को सोने से पहले लेती हूँ।"

"माँ तुम भी कमाल करती हो, अभी थोड़ी देर पहले ही तो मैंने तुम्हें दवा दी। आज फिर भूल गयीं न; ये जो तुम्हारे भूलने की आदत हैं न माँ किसी दिन बहुत बड़ा बवाल खड़ा कर देगी।" सीमा ने कुमुद को डाँटते हुए जैसे ही कहा,

"अरे बेटा क्या बताऊँ, ये उम्र ही ऐसी हैं, तू नाराज़ मत हो, आ मेरे पास बैठ, बच्चे सो गए क्या" कुमुद ने सीमा से प्यार से पूछा,

"हाँ सो गए और अब आप भी सो जाइये" सीमा के कहते ही,

"अरे बाबा सो जाऊँगी, वैसे भी पूरा दिन आराम ही तो करती हूँ, तू कुछ काम कहाँ करने देती हैं" कुमुद के ऐसा कहते ही सीमा ने कुमुद की ओर गुस्से से देखा

"हे भगवान! इतना गुस्सा... अच्छा बता नवीन जी से बात हुई? कब वापिस आने का है, कुछ बताया उन्होंने?" कुमुद ने बातों का रुख़ बदलते हुए पूछा,

"हाँ माँ आज ही बात हुई है, परसों तक आ जायेंगे।" सीमा ने कुमुद की बात का जवाब देते हुए कहा,

"चलो अच्छी बात है, बहुत मेहनत करते हैं नवीन जी, ऐसा दामाद तो क़िस्मत वालों को ही मिलता हैं।"

"अच्छा माँ मैं सोने जा रही हूँ, बहुत नींद आ रही है और अब तुम भी सो जाओ।"

"हाँ बेटा तू जाकर सो जा और कल जल्दी उठने की ज़रूरत नहीं है, इतवार की छुट्टी है आराम से उठना।" कुमुद के कहते ही,

"क्या कहने माँ तुम्हारे भी, मैं देर से उठूँ जिससे कि तुम सुबह जल्दी उठ कर नाश्ता तैयार कर लो।" सीमा ने कुमुद की ओर घूरते हुए कहा,

"हे भगवान! ये लड़की तो कुछ काम करने ही नहीं देती... अच्छा बाबा ग़लती हो गयी, तू ही सुबह जल्दी उठ जाना, अब जाकर सो जा मेरी माँ।" और दोनों ही एक-दूसरे की तरफ़ देख हँसने लगे। सीमा के जाने के बाद कुमुद भी सोने की तैयारी करने लगी, लेकिन नींद आँखों से कोसों दूर थी और न जाने क्यों आज कुमुद को बार-बार अपना अतीत याद आ रहा था।

यह बात उस वक़्त की है जब कुमुद के घर उसके बेटे नीरज की शादी की तैयारी चल रही थी। कुमुद की तो जैसे ख़ुशी का कोई ठिकाना ही नहीं था।

"मौसी! मैं तो कहती हूँ मैंने ज़रूर पिछले जन्म में कोई अच्छे काम किये होंगे, तभी तो मुझे बेटे का सुख मिला, अरे बेटियों का क्या है वो तो अपने माँ-बाप पर बोझ होती हैं, आखिरकार काम तो बेटा ही आता है; बेटी तो एक बार पराये घर गयी कि सारे सम्बन्ध ख़त्म। अब तो मेरी बहू भी आ रही है खूब सेवा करवाऊँगी और ठाठ से बैठकर हुकुम चलाऊँगी, वैसे भी सीमा की शादी की ज़िम्मेदारी से भी मुक्त हो चुकी हूँ, क्यों मौसी सही कह रही हूँ न!" ऐसा कह कुमुद ज़ोर-ज़ोर से हँसने लगी एवं वहाँ बैठी महिलाएँ भी कुमुद का साथ देने लगीं। इसी हँसी-ठिठोली के माहौल में नीरज की शादी हो गयी और घर में नयी दुल्हन भी आ गयी। जब भी घर में कोई मेहमान आता, कुमुद गर्व के साथ अपनी बहु प्रीति से मिलवातीं। धीरे-धीरे दोनों सास-बहू में अच्छी पटने लगी, जो भी देखता, कहता यह तो सास-बहू नहीं, सहेलियाँ लगती हैं।

कुमुद की ज़िन्दगी में सबकुछ बहुत अच्छा चल रहा था, लेकिन कहते हैं न अगर अच्छा वक़्त आता है तो बुरा वक़्त भी आता है... कुमुद के साथ भी कुछ ऐसा ही हुआ।

एक दिन फोन की घण्टी बजते ही जैसे ही कुमुद ने फोन उठाया, फोन पर सामने वाले व्यक्ति ने जो कुछ भी बोला उसे सुन कुमुद की आँखों के आगे अँधेरा छा गया वो अपना संतुलन खो बैठी एवं पास रखे सोफ़े पर लगभग गिर गयी।

"क्या हुआ माँ, किसका फ़ोन था, सब ठीक तो हैं न" प्रीती ने घबराते हुए पूछा, लेकिन कुमुद की आँखों से निरन्तर आँसू बह रहे थे और मुँह से एक शब्द भी नहीं निकल पा रहा था। प्रीति तुरन्त रसोई में जाकर पानी ले आयी।

"लीजिए माँ पानी पीजिए और जल्दी बताइए क्या हुआ हैं, मुझे बहुत घबराहट हो रही है।"

"प्रीति, तुम्हारे ससुर जी की गाड़ी दुर्घटनाग्रस्त हो गयी है।"

"पापा तो ठीक है न माँ, ज़्यादा चोट तो नहीं लगी न" प्रीति के पूछते ही,

"किसी अजनबी व्यक्ति का फोन था, कह रहा था ख़ून बहुत बह रहा है सिटी अस्पताल लेकर जा रहे हैं।" कुमुद धीरे-धीरे अपने होश खो रही थी

"तो माँ आप बैठी क्यों हैं, जल्दी उठिए अस्पताल चलना है, मैं नीरज को फोन करती हूँ।" प्रीती ने कुमुद को उठाते हुए कहा और दोनों सास-बहू तुरन्त अस्पताल के लिये रवाना हो गयीं।

अस्पताल पहुँचने के बाद सामने नीरज को देख,

"नीरज, पापा कैसे हैं ज़्यादा चोट तो नहीं आयी न और डॉक्टर ने क्या कहा?" प्रीती के पूछते ही,

"प्रीति, सीमा को फोन करके बुला लो, पापा अब नहीं रहे।" ऐसा कह नीरज फूट-फूटकर रोने लगा।

"नहीं! ऐसा नहीं हो सकता, अरुण तुम मुझे छोड़कर नहीं जा सकते।" नीरज के मुँह से अपने पति के जाने की बात सुन कुमुद भी रोने लगी और कुछ ही देर में अस्पताल का माहौल बेहद ग़मगीन हो गया। लेकिन अस्पताल की सारी काग़ज़ी कार्यवाही करनी भी ज़रूरी थी। नीरज अस्पताल की सारी कार्यवाही पूरी

कर अरुण का पार्थिव शरीर लेकर कुमुद और प्रीति के साथ घर आ गया। सीमा और बाकी रिश्तेदार भी आ चुके थे। बहुत ही ग़मगीन माहौल में अंतिम-संस्कार की विधि पूरी हुई, उसके बाद कुछ रिश्तेदार चले गये एवं कुछ वहीं रह गये। वक़्त अपनी ही गति से गुज़र रहा था, घर के सभी सदस्य सामान्य होने लगे थे। एक दिन,

''माँ तुम मेरे साथ चलो हवा-पानी बदलेगा तो अच्छा लगेगा।'' सीमा ने कहा

''नहीं बेटा मैं यही ठीक हूँ, तू जा, बस फोन करके मेरी ख़ैर-ख़बर लेती रहा करना।'' कुमुद ने सीमा को अपने पास बिठाते हुए कहा,

''ठीक है माँ, अगर तुम्हारा मन नहीं है तो रहने दो लेकिन तुम कभी भी मेरे घर आ सकती हो।'' सीमा ने रुआँसी होते हुए कहा और कुमुद के गले लग गयी।

''अब तू जा, ट्रेन का वक़्त हो रहा है'' और सीमा भावुक होते हुए अपने घर के लिये रवाना हो गयी। बाकी के मेहमान तो पहले जा ही चुके थे, अब घर में केवल कुमुद, नीरज और प्रीति ही रह गये थे।

पहले-पहले तो सबकुछ ठीक ही चल रहा था, लेकिन धीरे-धीरे प्रीति के व्यवहार में बदलाव आने लगा। उसका व्यवहार कुमुद के साथ ख़राब होता जा रहा था और कुमुद बिना कुछ कहे सबकुछ सहन कर रही थी। उसने कभी नीरज से भी कुछ नहीं कहा क्योंकि वो नहीं चाहती थी कि घर में कोई क्लेश हो। इसी प्रकार अरुण को गए हुये एक साल भी बीत गया। उस दिन अरुण की पहली बरसी थी। सीमा भी आयी हुई थी,

''माँ क्या हुआ बहुत कमज़ोर लग रही हो, तुम्हारी तबीयत तो ठीक है न'' सीमा ने पूछा,

''हाँ बेटा, मैं बिलकुल ठीक हूँ, तू बेकार में ही चिंता कर रही है... तेरी भाभी हैं न मेरा पूरा ख़याल रखती है।'' लेकिन ये सबकुछ कुमुद, सीमा से नज़रें मिलाकर नहीं बोल पायी और सीमा को उसी दिन से कुछ शक होने लगा। लेकिन वो कुछ कह भी नहीं सकती थी इसलिए चुप रहने में ही अपनी भलाई समझी, क्योंकि लड़के और लड़की के बारे में कुमुद की क्या सोच है वो अच्छे से जानती थी। सीमा अपने पिता की बरसी पर एक हफ्ते के लिये आयी थी

इसलिए एक दिन सुबह,

“माँ मैं सोच रही थी बच्चों को कहीं बाहर घुमाने ले जाऊँ, आये हैं जब से घर में ही रहते हैं।” सीमा ने कुमुद से पूछा।

“हाँ बेटी जा न इसमें पूछने वाली कौन-सी बात है और तेरा भी मन बहल जाएँगा”

“ठीक है तो माँ हम निकलते हैं, शाम तक वापिस आ जायेंगे” “ठीक हैं बेटा अपना ध्यान रखना” और सीमा बच्चों को लेकर निकल गयी।

“मम्मी चलो न कोई फिल्म देखने चलते हैं।” सीमा के बेटे यश के कहते ही,

“हाँ बेटा चलते हैं लेकिन टिकट भी तो मिलने चाहिए।”

“नहीं मम्मी शॉपिंग करेंगे।” सीमा की बेटी ख़ुशी ने मचलते हुए कहा,

“अरे बच्चों दोनों काम करेंगे और एक अच्छे से होटल में खाना भी खाएँगे।

“हुर्रे! आज तो मज़ा आ जाएगा।” दोनों बच्चे उछलने लगे। लेकिन क़ुदरत को शायद कुछ ओर ही मंज़ूर था। कुछ ही देर में तेज़ हवाएँ चलने लगीं और बारिश शुरू हो गयी,

“भैया सिटी मॉल चलोगे?” सीमा ने टैक्सी वाले से पूछा “नहीं मेमसाब इतनी बारिश में तो कोई भी नहीं जाएगा।”

“भैया थोड़े ज्यादा पैसे ले लेना।”

“मेमसाब जी बात पैसों की नहीं हैं, इतनी बारिश में टैक्सी चलाने में तकलीफ़ होती है।”

“ठीक है भैया।” सीमा ने उदास होते हुए कहा,

“चलो बच्चो घर चलते हैं किसी और दिन आएँगे।” ऐसा कहकर सीमा बच्चो को लेकर घर की तरफ़ वापिस जाने लगी, दोनों ही बच्चे बहुत उदास लग रहे थे,

“कोई बात नहीं इसमें इतना उदास होने की क्या ज़रूरत है, किसी और

दिन आ जाएँगे।'' सीमा ने दोनों बच्चों को समझाते हुए कहा,

''लेकिन माँ हमारा घूमने का बहुत मन था।'' यश ने कहा।

''अच्छा घर चलो मैं तुम्हारे लिए आज तुम्हारी पसंद के इडली-सांभर बनाती हूँ, मन बिल्कुल ख़ुश हो जाएगा।'' सीमा बच्चों को बहलाने की कोशिश कर रही थी।

''मम्मी हम दोनों कुछ समय के लिए पिंकी और बबलू के साथ खेल लें, पड़ोस में ही तो रहते हैं, आपको चिंता भी नहीं होगी; हम जल्दी ही घर वापिस आ जाएँगे।'' ख़ुशी ने ज़िद की,

''हाँ बेटा रहते तो पड़ोस में ही हैं, लेकिन इससे पहले आप वहाँ गये भी तो नहीं, वो लोग क्या सोचेंगे।'' सीमा को बच्चों का पड़ोसियों के यहाँ जाना कुछ अजीब लग रहा था।

''अरे मम्मी जाएँगे जब ही तो एक-दूसरे को जानेंगे न।'' यश ने भी ज़िद की,

''अच्छा बाबा जाओ लेकिन घर जल्दी वापिस आना।'' सीमा ने दोनों बच्चों को समझाते हुए कहा और स्वयं वापिस घर आ गयी। लेकिन घर के दरवाज़े पर पहुँचते ही!

''ऐ बुढ़िया, तेरी बेटी आयी हुई है इस बात का ज़्यादा फ़ायदा मत उठा, वो तो दो-तीन दिन में चली जाएँगी, फिर देखती हूँ तू कैसे कामचोरी करती है, चल उठ इतने सारे झूठे बर्तन पड़े हैं साफ़ कर!'' प्रीति का ऐसा व्यवहार देख सीमा के तो मानो पैरों तले ज़मीन ही खिसक गयी। सीमा ने किसी प्रकार अपने आप को सँभालते हुए घर में प्रवेश किया,

''भाभी ये तुम माँ से कैसे बात कर रही हो, थोड़ी तो शर्म करो, माँ तुमसे इतना प्यार करती हैं और तुमने उनको नौकर बनाकर रखा हुआ है।'' सीमा ने प्रीति से शिकायती लहज़े में कहा,

''दीदी आप तो चुप ही रहिए, वैसे भी मेरे घर के मामलों में आपका बोलने का हक़ नहीं बनता है।''

''हाँ भाभी मैं जानती हूँ घर आपका है, लेकिन ये घर माँ का भी हैं, और मैं अपनी माँ के ऊपर जुल्म होते हुए कैसे देख सकती हूँ।'' सीमा अपना आपा खो

चुकी थी-

"दीदी अगर आपसे नहीं देखा जा रहा हैं तो आप यहाँ से चली क्यों नहीं जाती हो।" प्रीति ने बहुत ही बेरुख़ी से यह बात कही,

"चिंता मत करो भाभी चली जाऊँगी, वैसे भी मुझे अब तो आपकी शक्ल से भी नफ़रत हो गयी है; लेकिन इस बार माँ को साथ लेकर जाऊँगी।"

"बंद करो ये लड़ाई, मुझे घबराहट हो रही है, और मुझे कहीं नही जाना है, जैसी भी हूँ यहीं पर अच्छी हूँ।" कुमुद ने लड़ाई रोकने की कोशिश की

"माँ तुम्हारे ऊपर ज़ुल्म हो रहे हैं और तुम उनको क्यों सहन कर रही हो?"

"तू नहीं समझेगी बेटी, अगर मैं तेरे साथ तेरे घर चली तो समाज क्या कहेगा और अगर प्रीति ने दो बातें सुना भी दी तो क्या हो गया, थोड़ी बहुत कहा-सुनी तो हर घर में होती है।" कुमुद ने बात को ख़त्म करने के इरादे से कहा।

"माँ तुम ऐसा क्यों कर रही हो, क्यों इतने ज़ुल्म सह रही हो... अगर तुम्हें समाज का डर है तो यह बहुत ग़लत हैं माँ।" सीमा ने कुमुद को समझाने की कोशिश की, लेकिन कुमुद ने सीमा से चुप रहने का इशारा किया। सीमा उस वक़्त तो चुप हो गयी लेकिन थोड़ी देर बाद,

"माँ मैं आज रात की ट्रेन से ही वापिस जा रही हूँ।" सीमा ने कुमुद के कमरे में आकर कहा,

"सीमा बेटा तू मेरे पास आकर बैठ।" कुछ सोचते हुए सीमा, कुमुद के पास आकर बैठ गयी,

"बोलो माँ क्या कहना चाहती हो।" सीमा ने रूखेपन से पूछा।

"सीमा लड़ाई किस घर में नहीं होती; अरे जहाँ चार बर्तन होंगे टकराएँगे तो सही न, छोटी-सी बात को इतना बढ़ा देना ये कहाँ की समझदारी है, और वैसे भी सीमा बुढ़ापे में बेटियाँ नहीं बेटे ही काम आते है। और अगर प्रीती ने चार बातें सुना भी दी तो क्या फर्क पड़ता हैं, अब अपना दिमाग़ हल्का कर और आराम से रह, तेरे तीन दिन बाद के टिकट है तो तीन दिन बाद ही जाना।" कुमुद ने सीमा को समझाने की कोशिश की,

"मैं नहीं जानती माँ तुम्हारी क्या मजबूरी है जो तुम इतने ज़ुल्म सह रही हो,

लेकिन यह बात हमेशा याद रखना तुम्हारी बेटी हमेशा तुम्हारे साथ है।''

''जानती हूँ लेकिन जब तक मेरे बेटा-बहू हैं मुझे किसी की ज़रूरत नहीं है।'' कुमुद ने मुस्कुराने की कोशिश करते हुए कहा, लेकिन सीमा ने इसके जवाब में कुछ नहीं कहा और चुपचाप दूसरे कमरे में चली गई। कुमुद अपने कमरे में बड़बड़ाते हुए,

''हे भगवान! जब तक सीमा यहाँ हैं सबकुछ अच्छा ही रखना, अब कुछ और बवाल मत होने देना।''

अगले दिन! शाम का वक़्त था, कुमुद रसोई में रात के खाने की तैयारी कर रही थी और प्रीति अपने कमरे में सो रही थी।

''क्या कर रही हो माँ और भाभी कहाँ हैं?'' सीमा ने इधर-उधर देखते हुए पूछा,

''तेरी भाभी के सिर में दर्द था तो मैंने ही उससे कहा, आराम कर ले खाना मैं बना लूँगी।'' कुमुद ने सब्ज़ी काटते हुए कहा। लेकिन सीमा को इस बात में ज़रा-सी भी सच्चाई नज़र नहीं आयी। लेकिन उसने चुप रहने में ही अपनी भलाई समझी,

''क्या सोच रही हैं, चाय पिएगी, बनाऊँ?'' ''नहीं माँ तुम बैठो मैं बनाती हूँ और खाना भी मैं ही बनाऊँगी।'' सीमा ने कुमुद को रसोई से बाहर निकालते हुए कहा। कुमुद की लाख कोशिशों के बाद भी उसकी एक न चली और रसोई का मोर्चा सीमा ने सँभाल लिया। कुछ देर बाद नीरज के ऑफ़िस से आते ही,

''क्या हो रहा हैं, सबकुछ ठीक तो है न!'' ''हाँ बेटा सब ठीक है, तू बैठ मैं तेरे लिए चाय-नाश्ता लाती हूँ।'' कुमुद ने नीरज से लाड लड़ाते हुए कहा।

''माँ प्रीति कहाँ है?'' ''बेटा वो आराम कर रही है, उसके सिर में दर्द था; बेचारी पूरा दिन काम करती-करती थक जाती है।'' कुमुद ने प्रीति की तारीफ़ करते हुए कहा, लेकिन सीमा के लिए यह सब-कुछ समझ पाना बहुत मुश्किल था। उसने इन सब बातों को नज़रअंदाज़ करना ही बेहतर समझा। उसने सोचा मैं तो दो दिन बाद चली जाऊँगी, ऐसा न हो मेरे कुछ बोलने से भाभी, माँ को ज्यादा परेशान करने लगे... और सीमा चुपचाप रोटी बनाने लगी।

''माँ बच्चों को बुला लो, खाना खा लेंगे।'' सीमा ने कुमुद को आवाज़

लगाते हुए कहा और कुमुद के कहने पर बच्चे आ गये और खाना खाकर सोने भी चले गये।

"सीमा, अब तू भी जाकर आराम कर ले, थक गयी होगी; नीरज और प्रीति का खाना मैं लगा दूँगी।" और सीमा बिना कुछ बोले वहाँ से चली गयी।

अगले दिन सुबह, "माँजी आज दोपहर में मेरी कुछ सहेलियाँ आने वाली हैं, किटी-पार्टी रखी है।" प्रीति के कहते ही-

"हाँ बहू ठीक है, मेरे लायक कुछ भी काम हो तो बता देना।" लेकिन प्रीति बिना कुछ बोले वहाँ से चली गयी, सीमा ने सबकुछ सुना लेकिन बोली कुछ नहीं। घर का काम करते हुए कब दोपहर हो गयी पता ही नहीं चला। "थोड़ी देर आराम कर लेती हूँ, फिर बहू की सहेलियाँ आ जाएँगी" कुमुद ने मन ही मन में कहा और बिस्तर पर जाकर लेट गयी और कब झपकी लग गयी पता ही नहीं चला।

"माँजी! माँजी उठिए।" अचानक से प्रीती की आवाज़ सुन कुमुद की नींद खुल गयी

"क्या हुआ बहु क्यों परेशान हो।" कुमुद ने नींद में से उठते हुए पूछा,

"आप भी कमाल करती हैं, मैंने पहले ही कहा था मेरी सहेलियाँ आने वाली हैं और आप सो गयीं, चलिए उठिए रसोई में जाकर कुछ चाय-नाश्ता बनाइए।" ऐसा कह प्रीति अपनी सहेलियों के पास जाकर बैठ गयी। कुमुद उठी और रसोई की तरफ चल दी। सीमा पास वाले कमरे में ही थी। उसने भी सारी बातें सुनी लेकिन मन-मारकर रह गयी एवं अपनी माँ के पीछे-पीछे रसोई की तरफ़ चल दी।

"हटिए माँ मैं चाय-नाश्ता तैयार करती हूँ।"

"अरे नहीं बेटा मैं कर लूँगी" कुमुद के कहते ही,

"माँ तुम आराम करो।"

"अच्छा ठीक हैं, मैं चाय बनाती हूँ, तू नाश्ते की प्लेट तैयार कर।" ऐसा कह कुमुद चाय में शक्कर डालने लगी और सीमा नाश्ते की प्लेट तैयार करने लगी। कुछ समय बाद,

"माँ मैं नाश्ता लेकर चलती हूँ।"

"हाँ मैं भी चाय लेकर आती हूँ।" कुमुद ने जवाब दिया। सीमा के नाश्ता टेबल पर रखते ही,

"प्रीति यह कौन है?" प्रीती की सहेली अनु ने पूछा, "मेरी ननद, मुम्बई से आयी हैं परसों वापिस चली जाएँगी।" प्रीति ने सीमा का परिचय करवाते हुए कहा, इतने में ही कुमुद भी चाय लेकर आ गयी,

"और प्रीती ये कौन है, तेरी नौकरानी है क्या" अनु ने हँसते हुए पूछा, "अरे नहीं बाबा, यह तो मेरी सास हैं, लेकिन ज़्यादा फ़र्क़ नहीं है।" प्रीति के ऐसा कहते ही सारी सहेलियाँ ज़ोर-ज़ोर से हँसने लगीं,

"चटाक!" एकाएक ही प्रीति पर सीमा का हाथ उठ गया और कमरे में सन्नाटा छा गया। सीमा के सब्र का बाँध टूट चुका था।

"भाभी इसी वक़्त अपनी सहेलियों को यहाँ से निकलने के लिए कहिए!" सीमा ग़ुस्से से लाल-पीली हो रही थी। प्रीति की सभी सहेलियाँ जा चुकी थीं, प्रीति तो जैसे विश्वास ही नहीं कर पा रही थी कि सीमा ने उसे थप्पड़ मारा है।

"माँ इसी वक़्त अपना सामान बाँधो हम आज रात की ही ट्रेन से मुम्बई जायेंगे।"

"लेकिन सीमा..." कुमुद ने जैसे ही कुछ बोलने के लिये अपना मुँह खोला,

"बस अब एक शब्द नहीं, बहुत बर्दाश्त कर लिया तुमने, अब मैं तुम्हें एक दिन के लिए भी यहाँ नहीं छोड़ सकती।" सीमा का ग़ुस्सा देख कुमुद कुछ नहीं बोल पायी एवं दूसरी ओर प्रीति ने रोते हुए नीरज को फोन कर सीमा की शिकायत कर दी जिससे की नीरज तुरन्त घर आ जाये।

कुछ देर बाद, "सीमा! ओ सीमा! इधर आओ।" नीरज बहुत ग़ुस्से में था,

"बोलिए भैया क्या कहना चाहते हैं।" "तुम्हारी हिम्मत कैसे हुई मेरी पत्नी पर हाथ उठाने की!"

"वाह भैया, आपकी पत्नी ने जो कहा वो तो सुन लिया, अब मैं जो कहती हूँ वो भी सुन लो।"

“ज़ुबान लड़ाएगी मुझसे।”

“नहीं भैया ज़ुबान नहीं लड़ा रही हूँ बल्कि तुम्हें सच से रूबरू करवा रही हूँ... उस सच से जिसको की तुम इस घर में रहकर भी नहीं समझ पाये।” सीमा ने जैसे फ़ैसला कर लिया था कि आज तो अपनी माँ को इंसाफ़ दिलवा कर ही रहेगी और सीमा ने सारी बातें नीरज को बता दी। लेकिन हद तो तब हो गयी जब नीरज ने सारी सच्चाई जानने के बाद भी प्रीति का ही पक्ष लिया,

“मेरी समझ में नहीं आ रहा है कि अगर प्रीति ने कुछ कह भी दिया तो कौन-सा पहाड़ टूट पड़ा।”

“भैया तुम्हें ये क्यों नहीं समझ आ रहा कि भाभी ने माँ से बदतमीज़ी से बात की।”

“प्रीति माँ का ध्यान रखती है, उनकी वजह से हमारी कोई अपनी ज़िन्दगी नहीं हैं, कहीं भी बाहर जाने से पहले माँ के बारे में सोचना पड़ता है, यह सब बातें तो किसी को दिखाई नहीं देतीं, दो शब्द प्रीति ने क्या बोल दिये तुमने तो उसके ख़िलाफ़ मोर्चा ही निकाल दिया।” नीरज भी पूरे आवेश में था।

“भैया मुझे लगा था सारी बातें सुनने के बाद तुम्हें माँ की तकलीफ़ समझ में आएगी, लेकिन तुम तो पूरी तरह से बीवी के ग़ुलाम बन चुके हो।” सीमा के कहते ही,

“अगर तुझे इतनी ही चिंता हैं माँ की तो अपने साथ क्यों नहीं लेकर जाती जिससे की हमें भी ज़िम्मेदारियों से मुक्ति मिले।” ऐसा लग रहा था जैसे नीरज ने अपने दिल की भड़ास निकाल दी हो।

“बस भैया! इसके आगे एक शब्द भी मत बोलना, अब माँ मेरे साथ ही रहेगी।” सीमा दनदनाती हुई कमरे से बाहर निकल गयी। कुमुद वहीं दरवाज़े के पास खड़ी सबकुछ देख-सुन रही थी, लेकिन अब उसकी कुछ भी कहने की हिम्मत नहीं रही थी। दूसरी ओर प्रीति, नीरज की सहानुभूति पाने के लिये लगातार अपने कमरे में रोये जा रही थी एवं बच्चे भी बहुत ही डरे हुए थे।

“माँ! मैंने तुम्हारा सामान बाँध लिया है, हम आज रात की ही ट्रेन से जा रहे हैं।” सीमा ने कुमुद से कहा।

“लेकिन बेटा...” कुमुद कुछ बोलती उससे पहले ही,

“बस माँ अब तुम कुछ नहीं बोलोगी, फ़ैसला हो चुका है, तुम मेरे साथ ही रहोगी।” सीमा ने कुमुद का हाथ अपने हाथों में लेते हुए कहा।

“बेटा। बच्चों को भूख लग रही होगी, कुछ खाना तो खिला देती!” कुमुद ने सीमा से आग्रह किया,

“माँ स्टेशन पर कुछ खिला दूँगी, अभी टिकट भी तो लेने हैं, इस घर का तो हमें पानी भी नहीं पीना चाहिए। माँ मैं ऑटो लेकर आती हूँ, तुम बच्चों के साथ बाहर आओ।” ऐसा कह सीमा ऑटो लेने चली गयी।

स्टेशन पर टिकट लेने का काम पूरा कर सीमा सभी के लिए खाने का सामान ले आयी।

“चलो माँ कुछ खा लेते हैं बहुत भूख लग रही है।”

“हाँ बेटा।” कुमुद ने भी सीमा की बात का समर्थन किया। कुमुद, सीमा को खाना खाते हुए देख रही थी और सोच रही थी कि आज मैंने पहली बार अपनी बेटी का यह रूप देखा है, कितनी गलत थी मैं... उम्मीदें तो बेटे से थीं लेकिन उनको पूरा किया बेटी ने, आज से मुझे अपने बेटे पर नहीं बल्कि बेटी पर गर्व है।

अचानक से चिड़ियों की आवाज़ सुन कुमुद वर्तमान में आ गयी।

“अरे सुबह हो गयी, पता ही नहीं चला।” कुमुद अपने आप से ही बात करने लगी और सीमा के डर से आँख मूँदकर ऐसे लेट गयी जैसे बहुत ही गहरी नींद में सो रही हो।

9

फ़ैसला

"निधि! अरे ओ निधि कहाँ मर गयी!"

"आयी मम्मी जी।"

"कहाँ चली गयी थी, आवाज़ें दे-देकर मेरा गला सूख गया है।"

"मम्मी जी वो पिंकी भूख से रो रही थी सो उसे दूध पिलाने लग गयी थी।"

"अरे अगर वो थोड़ी देर भूखी रह जाती तो मर तो नहीं जाती न"

"मम्मी जी ऐसे क्यों बोल रही हैं, आख़िर क्या बिगाड़ा हैं आपका उस नन्ही-सी जान ने, जो आप अक़्सर उसी के पीछे पडी रहती हैं।"

"बिगाड़ा उसने नहीं बहू, बिगाड़ा तो तूने है, लड़की पैदा करके, और उसका क़सूर ये है कि वो एक लड़की हैं।"

"फिर तो क़सूरवार आप भी हैं मम्मी जी, क्यों कि आप भी किसी के घर में एक लडकी का जन्म लेकर ही पैदा हुई थीं।"

"बेशर्म! ज़ुबान चलाती है मुझसे, आने दे शाम को काम पर से अतुल को, वो ही तेरी ख़बर लेगा।"

"ख़बर का तो ऐसा हैं मम्मी जी, देखते हैं कौन किसकी लेता है... लेकिन बहुत ही शर्म की बात है कि जिस ज़माने में लड़कियाँ इतनी प्रगति कर रही हैं, समाज में लड़के व लड़कियों के बीच का भेद मिटता जा रहा है, वहीं आप आज भी लडके-लडकी के फेर में फँसी हुई हैं" निधि के लिए अपनी सास का व्यवहार बर्दाश्त करना मुश्किल हो रहा था,

"अरे ज़माना कितना ही आगे बढ़ जाये, लड़कियों को आखिरकार करना तो रसोई में काम ही है; मैं तो कहती हूँ लड़कियाँ कभी भी लड़कों की बराबरी नहीं कर सकती हैं।"

"ये बात तो मम्मी जी आपने सौ टका सही कही... जानती हैं आजकल की लड़कियाँ लड़कों को भी पीछे छोड़ रहीं है।" निधि के कहते ही उसकी सास उर्मिला ने उसे कुछ इस ढंग से घूरकर देखा कि जैसे अभी कच्चा चबा जाएगी।

"मम्मी जी, वैसे आपने आवाज़ क्यों दी, कुछ काम था क्या?" निधि ने उर्मिला का ध्यान दूसरी ओर करने के इरादे से कहा,

"महारानी जी, खाने को क्या है, भूख से जान निकली जा रही है मेरी।"

"आप बैठिए मम्मी जी, खाना तैयार है मैं अभी लगाकर लाती हूँ।" ऐसा कहते हुए निधि रसोई की ओर खाना लगाने चली गयी।

जब से पिंकी हुई है निधि और उर्मिला के बीच इस तरह की बहस अक़्सर हो जाया करती है। निधि को अपनी सास की बातों का बुरा तो ज़रूर लगता, लेकिन वो ये भी समझती है कि किसी भी इंसान का अपनी सोच बदलना थोड़ा मुश्किल तो होता ही है। कोई बात नहीं समय के साथ सब ठीक हो जायेगा। एक दिन ज़रूर पिंकी, मम्मी जी की लाडली हो जायेगी। बस यही समझा लेती वो ख़ुद को।

तीन साल पहले की बात है, जब अतुल और निधि की शादी हुई थी। बहुत ख़ुश थी उर्मिला अपने बेटे की शादी में, सबसे बहुत ही उत्साहित होते हुए निधि का परिचय करवा रही थी। अतुल दस साल का था तभी उसके पापा का देहांत दिल का दौरा पड़ने की वजह से हो गया था, तब से उर्मिला ही अतुल के लिए सब कुछ है; उसकी माँ भी और उसका पापा भी और इस बात से निधि अच्छी तरह से वाक़िफ़ है। यही कारण है कि निधि कभी भी उसके और उर्मिला के बीच हुई कहासुनी का ज़िक्र अतुल से नहीं करती। सोचती चाहे वो कुछ भी कहे, एक न एक दिन उनके मन में पिंकी के लिए प्यार ज़रूर उमड़ेगा। लेकिन एक दिन,

"निधि, तुमने दूसरे बच्चे के बारे में क्या सोचा है?

"दूसरा बच्चा? मैं कुछ समझी नहीं मम्मी जी।"

"अरे भई पिंकी अब बड़ी हो रही है, उसे अपने लिए एक भाई की ज़रूरत

तो होगी न।''

"मम्मी जी, आज आप फिर वही बात लेकर बैठ गयी हैं; वैसे भी पिंकी अभी केवल एक साल की ही हुई है, इतनी बड़ी नहीं हुई कि हम दूसरे बच्चे के बारे में सोचें और हाँ मम्मी जी एक बात और... हमें दूसरा बच्चा नहीं चाहिए, अतुल और मैं अपना सारा ध्यान पिंकी की परवरिश में ही लगाना चाहते हैं।''

"देखो निधि, एक बात तुम अपने दिमाग़ में बिठा लो कि मुझे अपने ख़ानदान के लिए एक वारिस चाहिए और इसके आगे मैं कुछ नहीं कहना चाहती।'' उर्मिला के कहते ही,

"ठीक है मम्मी जी, आपका हुकुम सिर आँखों पर, लेकिन आप बस एक काम कीजिए।''

"वो क्या?'' "लिखकर दीजिए कि इस बार अतुल के और मेरे गारण्टी से लड़का ही होगा''

"ये क्या बेवक़ूफ़ी भरी बातें कर रही हो, इस बात की भी कोई गारण्टी होती है क्या।''

"बस मम्मी जी मैं आपको यही समझाने की कोशिश कर रही हूँ... अब देखिए न अगर इस बार भी लड़की ही हुई तो आप फिर से चांस लेने के लिये कहेंगी, फिर भी लड़की हुई तो आप फिर चांस लेने के लिए कहेंगी; अब हमें कोई क्रिकेट टीम तो खड़ी करनी नहीं है।''

"निधि तुम ज़्यादा ज़ुबान नहीं चला रही हो मेरे साथ!'' उर्मिला की आवाज़ में ग़ुस्सा साफ़ झलक रहा था।

"माफ़ करना मम्मी जी अगर आपको मेरी किसी भी बात का बुरा लगा हो तो, लेकिन मैं तो बस आपको समझाने की कोशिश कर रही हूँ कि आजकल लड़के और लड़की में कोई फ़र्क़ नहीं, इसलिए अब आप ये लड़के वाली ज़िद छोड दीजिए।''

"हाँ-हाँ मैं सब समझ गयी कि तुम क्या कहना चाहती हो, अब तो इस बारे में अतुल से ही बात करूँगी, वो ज़रूर मेरी भावनाओं को समझेगा।'' ऐसा कहते हुए उर्मिला बिना निधि की ओर देखे वहाँ से चली गयी, लेकिन निधि ने उर्मिला की बात का बिलकुल भी बुरा नहीं लगाया क्योंकि वो जानती है कि वक़्त के साथ

सब सही हो जायेगा। लेकिन ऐसा कुछ नहीं हुआ।

एक दिन। ''मम्मी जी मैं नहाने जा रही हूँ... वैसे तो पिंकी अभी सो रही है, अगर उठ जाये तो आप देख लेना।'' ऐसा कहते हुए निधि बिना उर्मिला की प्रतिक्रिया जाने बाथरूम की ओर चली गयी, लेकिन जब थोड़ी देर बाद वो वापिस आयी तो देखती हैं कि पिंकी पलँग से नीचे गिरी हुई है और बुरी तरह से रो रही है और उसके सिर से ख़ून भी बह रहा है ये देख निधि बेकाबू हो गयी। उसने तुरंत पिंकी को उठाया और उसे चुप कराते हुए उसका फर्स्ट-एड करने लगी।

''मम्मी जी! मम्मी जी!'' निधि हड़बड़ी में उर्मिला को आवाज़ लगाने लगी।

''अरे क्यों चिल्ला रही हो, कौन-सी आफ़त आ गयी''

''आप कहाँ चली गयी थीं मम्मी जी, देखिए न पिंकी पलंग से गिर गयी, सिर से ख़ून भी बह रहा हैं, अगर आप यहीं होती तो उसे गिरने से बचा लेतीं।''

''अरे क्या हो गया गिर गयी तो, थोड़ी-सी चोट ही तो लगी है, मर तो नहीं गयी न, जो तुमने पूरा घर सिर पर उठा रखा है।''

''मम्मी जी ये क्या बोल रहीं है आप!'' निधि ने ग़ुस्से से चिल्लाते हुए जैसे ही कहा वहाँ अचानक से अतुल आ गया,

''निधि, तुम्हारी हिम्मत कैसे हुई मेरी माँ से ऐसे बात करने की, माफ़ी माँगो अभी''

''नहीं मागूँगी माफी अतुल मैं तुम्हारी मम्मी से, क्योंकि आज मेरे बर्दाश्त करने की सीमा ख़त्म हो चुकी है, वैसे मुझे लगता है मम्मी जी से माफ़ी माँगने से ज्यादा ज़रूरी हैं पिंकी को अस्पताल लेकर जाना।''

''हाँ-हाँ अभी पिंकी को अस्पताल लेकर जाना ज्यादा ज़रूरी है।'' ऐसा कहते ही अतुल ने तुरंत पिंकी को अपनी गोद में उठा लिया, चोट ज़्यादा नहीं थी इसलिए डॉक्टर ने सिर पर पट्टी बाँधकर और दवाई देकर पिंकी को वापिस घर भेज दिया।

''कुछ दिनों बाद निधि तुम उस दिन कह रही थीं कि तुमने बहुत बर्दाश्त

कर लिया, ऐसा क्या बर्दाश्त कर लिया है तुमने?'' अतुल के पूछते ही निधि ने उसे पिंकी के पैदा होने से लेकर आज तक उर्मिला का जो व्यवहार रहा वो सब विस्तारपूर्वक बता दिया जिसे सुन अतुल तुरंत ही उर्मिला के पास सच्चाई जानने चला गया!

''मम्मी! आपका जो पिंकी के लिये व्यवहार है उसके बारे में क्या निधि सच कह रही है?''

''अब बेटा मुझे क्या पता कि तेरी बीवी ने तुझसे मेरी क्या-क्या शिकायतें की हैं।'' जवाब में जैसे ही अतुल ने सारी बात बतायी।

''अतुल बेटा, तू मुझे पिछले अट्ठाईस साल से जानता है, तू ही सोच क्या मैं ऐसा कर सकती हूँ,

''हमें माफ़ कर दो मम्मी, निधि माफ़ी माँगो मम्मी से''

''माफ़ी और मम्मी जी से, कभी नही''

कुछ दिनों बाद फिर से, ''निधि, मैंने उस दिन तो तुमसे कुछ नहीं कहा, लेकिन अब मम्मी से उस दिन के लिये माफ़ी माँग लो''

''नहीं अतुल मैं मम्मी जी से कभी भी माफ़ी नहीं मागूँगी।''

''ये कैसी ज़िद है निधि; एक तो तुमने मेरी मम्मी पर झूठे-झूठे इल्ज़ाम लगाये और अब उनसे माफ़ी माँगने से भी इंकार कर रही हो।''

''अतुल, मेरा यकीन करो, मैंने जो कुछ भी मम्मी जी के बारे में कहा वो सब सच है।''

''अब बस भी करो निधि, तुम तो मेरी मम्मी के पीछे ही पड़ गयी हो; जानती भी हो पापा के जाने के बाद कितनी मुश्किलों से मम्मी ने मुझे पाल-पोस कर बड़ा किया है और तुम उनकी इज़्ज़त करने की बज़ाय बेइज़्ज़ती किये जा रही हो।''

''अतुल मेरा ऐसा कोई इरादा नहीं है, मैं तो बस तुम्हें हक़ीक़त से वाकिफ कराना चाहती हूँ।''

''तुम्हारी मनगढ़ंत बनायी हुई कहानियों को तुम हक़ीक़त का नाम दे रही हो और मुझसे ये उम्मीद कर रही हो कि मैं इन्हें सच मान लूँ, देखो निधि एक बात

कान खोलकर सुन लो, मैं अपनी मम्मी के ख़िलाफ कुछ भी सुनने को तैयार नहीं हूँ।''

''ठीक है जैसी तुम्हारी मर्ज़ी।'' ऐसा कहते ही निधि अपने कामों में लग गयी। अतुल और निधि दोनों के ही अपनी-अपनी ज़िद पर अड़े होने की वजह से दिन-प्रतिदिन घर में तनाव बढ़ता ही गया, जिसकी वजह से उन दोनों का वैवाहिक जीवन भी प्रभावित होने लगा।

इसी तनाव भरे माहौल में एक दिन, ''निधि, तुम अभी थोड़ी देर पहले मम्मी से क्या बहस कर रही थी, सुधरोगी नहीं न तुम।''

''अतुल बहस मैं नहीं बल्कि तुम्हारी मम्मी कर रही थी; दरअसल मैं रसोई में पिंकी के लिए दूध बनाने गयी थी और उसी वक़्त मम्मी जी ने मुझसे अपने लिए चाय बनाने के लिए कहा और मेरे ये कहने पर कि थोड़ी देर में बनाती हूँ, तो जानते हैं आपकी मम्मी जी ने क्या कहा?''

''क्या?''

''यही कि अगर पिंकी दूध नहीं पिएगी तो मर तो नहीं जायेगी न''

''बस करो निधि हद होती है हर बात की।'' अतुल ने लगभग चिल्लाते हुए कहा,

''मैं भी यही कहना चाहती हूँ अतुल, कि हद होती है हर बात की और अब मेरे बर्दाश्त करने की हद ख़त्म हो चुकी है।''

''हाँ तो ठीक है निकल जाओ घर से।''

''अतुल, ये क्या बोल रहे हो तुम।'' निधि के चेहरे पर आश्चर्य के भाव साफ़ झलकने लगे। अपनी इतनी बेइज़्ज़ती निधि से बर्दाश्त नहीं हो पायी और उसने उसी वक़्त अतुल को तलाक़ देने का फ़ैसला कर लिया। और अपना और पिंकी का सामान बाँध घर से निकल गयी। लेकिन उसने निकलते वक़्त ये ज़रूर सोचा कि चाहे कुछ भी हो, अतुल उसे पिंकी की वजह से ज़रूर रोकेगा। लेकिन ऐसा कुछ नहीं हुआ, अतुल या उर्मिला में से किसी ने भी उन्हें नहीं रोका और यही बात निधि को चुभ गयी। बेबस निधि ने अपने पति का घर छोड़ एक अलग दुनिया बसाने का फैसला किया और अतुल के पास तलाक़ के काग़ज़ात भिजवा दिये। तलाक़ के काग़ज़ात देख ज़रूर अतुल के दिल में एक बार पिंकी का

ख़याल आया और उसने निधि को वापिस घर आने के लिये भी कहा, यहाँ तक कि अपनी मम्मी की ओर से उससे माफ़ी भी माँगी, लेकिन निधि अब अपना फ़ैसला ले चुकी थी और वो वापिस उसी दुनिया में अपनी बेटी को नहीं लाना चाहती थी, जहाँ उसकी कोई इज़्ज़त ही नहीं।

10

सावित्री बुआ

आज शनिवार होने की वजह से ऑफ़िस में छुट्टी थी। सोचा घर के थोड़े काम ही निबटा लूँ, वैसे तो वक़्त मिलता नहीं... यहाँ तक कि शनिवार और इतवार को भी फ़ुरसत नहीं मिलती। यह तो आज बच्चे अपनी बुआ के घर गये हुए थे और नवीन ऑफ़िस के काम से टूर पर... तो ऐसा लग रहा था कि जैसे चारों ओर शांति ही शांति है।

इसी का फ़ायदा उठाकर मैं अपनी अलमारी की साफ़-सफ़ाई में लग गयी। अच्छे कपड़े तह कर एक तरफ़ सलीक़े से लगाने लगी एवं पुराने किसी को देने के लिये दूसरी तरफ़ रखने लगी। इतने में ही मेरी नज़र पुराने फोटो के एलबम पर पड़ीं। सारा काम छोड़ उस एल्बम को बहुत ही उत्सुकता से देखने लगी। सारी पुरानी फोटो मेरी शादी से पहले की थीं। बचपन याद आ गया। वो दिन भी क्या दिन थे, न कोई चिंता, न कोई फ़िक्र, बस खाना, पीना, खेलना और सो जाना। बीते हुए दिनों को याद करते हुए मेरे चेहरे पर एक अलग ही ख़ुशी झलक रही थी। इतने में ही मुझे सावित्री बुआ की फोटो दिखाई दी और उनकी याद आ गयी। गोरा चेहरा, लम्बे बाल, बड़ी-बड़ी आँखें। हमारे घर में शायद ही कोई इतना ख़ूबसूरत हो जितनी सावित्री बुआ लगती थीं। याद हैं मुझे वो दिन जब मैं और राहुल भैया छोटे थे। बुआ हर गर्मियों की छुट्टी में यश के साथ जोधपुर से अहमदाबाद आया करती थीं। बहुत ही यादगार थे वो दिन। जैसे ही स्कूल की छुट्टियाँ शुरू होतीं बुआ और यश अपना बोरिया-बिस्तर लेकर हमारे यहाँ आ जाते। उसके बाद घर में जो धमाल होता उसको तो बयाँ ही नहीं किया जा सकता। सच पूछो तो मैं और राहुल भैया पूरा साल बुआ के आने का इंतज़ार करते थे, क्योंकि वो हमेशा अपने साथ हमारे लिए नये कपड़े, खिलौने, फल

और मिठाइयाँ लेकर आतीं। वैसे तो यश भी माँ को उतना ही प्यारा था जितने की हम बुआ को। बुआ जैसे ही घर में कदम रखतीं फ़रमाइशें शुरू हो जातीं और माँ भी ख़ुशी-ख़ुशी उनकी हर इच्छा पूरी करती। बुआ तो अपना पूरा रौब चलाती थी लेकिन उन दिनों की बात ही कुछ और थी। एक तरफ़ हम बच्चों की मस्ती दूसरी ओर माँ और बुआ की बातें। कई बार तो पापा कह भी देते थे, ''अरे भई मैं भी इसी घर में रहता हूँ थोड़ा ध्यान मेरी तरफ़ भी दे लिया करो।'' पापा की बात सुन माँ और बुआ हँसने लगतीं।

साल दर साल वक़्त गुज़र रहा था, हम बच्चे भी बड़े हो रहे थे और एक दिन ऐसा भी आया जब मेरे रिश्ते की बातें होने लगीं, एक दो लड़के देखने के बाद आख़िरकार मेरा रिश्ता नवीन के साथ तय हो गया। नवीन पापा के दोस्त का बेटा था, जान-पहचान होने की वजह से ज़्यादा पूछताछ भी नहीं करनी पड़ी और जल्द ही शादी हो गयी। अभी मेरी शादी को कुछ ही महीने गुज़रे थे कि राहुल भैया के लिए भी लड़कियाँ देखी जाने लगीं लेकिन भैया तो छुपे रुस्तम निकले उन्होंने तो पहले से ही अपने लिए लड़की पसंद कर रखी थी। अपने बचपन की दोस्त अंकिता... वैसे तो अंकिता को मैं भी जानती थी, लेकिन भैया और उसके बारे में मुझे कुछ नहीं पता था। अंकिता एक अच्छी लड़की थी इसलिए पापा-मम्मी शादी के लिए जल्द ही मान गये और भैया की शादी भी धूमधाम से हो गयी। उसके बाद तो सब अपनी-अपनी घर-गृहस्थी में ऐसे व्यस्त हुए कि कभी-कभार ही बात हो पाती। बस माँ से इतना पता चला कि बुआ यश के लिए लड़की देख रही है अब वो भी उसकी शादी जल्दी ही करना चाहती हैं।

एक दिन ऑफ़िस में मेरे मोबाइल पर बुआ का फ़ोन आया, पता चला कि यश का रिश्ता पक्का हो गया है अगले हफ्ते सगाई है बुआ ने क़सम भी दे दी कि आना ही पड़ेगा नहीं तो ज़िन्दगी भर बात नहीं करेंगी। मैं और नवीन अपने बेटे तनय के साथ सगाई में गये उस वक़्त तनय छह महीने का था मेरा सारा वक़्त उसी के साथ गुज़र जाता था, फिर भी भाई की सगाई थी, वो भी सबसे छोटे. और लाड़ले... इसलिए मैं थोड़ी-थोड़ी देर में तनय को नवीन को देकर सगाई के कार्यक्रमों में शामिल हो जाती और नवीन तनय को सँभालते हुए झल्लाने लगते, लेकिन मैं नवीन को अनदेखा कर पूरा ध्यान सगाई के कार्यक्रमों में ही लगा रही थी,

''क्या बात है बुआ लाखों में एक बहू ला रही हो, सच बुआ क़िस्मत की तो

धनी हो आप।''

''हाँ भई आख़िरकार मेरे यश की पत्नी बनकर आएगी अच्छी तो होगी ही न'' बुआ ने गर्व से कहा और गर्व हो भी क्यों न रिया थी ही ऐसी सुंदर, सुशील। बड़ों का आदर करने वाली जो भी एक बार देख ले उस पर फ़िदा हो जाये, इन्ही सब मस्ती-मज़ाक के बीच सगाई भी हो गयी। शादी अगले महीने थी। बुआ ने शादी में आने का पक्का वादा लिया उसके बाद ही वापिस जाने दिया। यह एक महीना कैसे गुज़र गया पता ही नहीं चला और वो दिन भी आ गया जब यश की बरात जानी थी। मैंने पहली बार फूफाजी को इतना नाचते हुए देखा और बुआ के चेहरे की ख़ुशी तो बयान ही नहीं की जा सकती थी और हो भी क्यों न यश उनकी इकलौती संतान जो है। शादी की सभी रस्में बहुत ही धूमधाम से सम्पन्न हुईं और हम रिया को विदा करवा घर ले आये

''दीदी अब तो आपकी भी बहू आ गयी हैं बधाई हो।'' माँ ने बुआ को गले लगाते हुए कहा,

''आपको भी बहुत-बहुत बधाई हो भाभी, बस अब तो यह देखना है हम कैसी सासें साबित होती हैं।''

''कैसी क्या बुआ, अच्छी ही साबित होगी। बल्कि मुझे तो लगता है बहुओं के आने से आप दोनों मुझे भूल जाओगे।''

''हट पगली कुछ भी बोलती है।'' बुआ ने हल्के से गाल पर चपत लगाते हुए कहा। इसी मस्ती-मज़ाक में हमारा वापिस जाने का दिन भी आ गया।

''अच्छा बुआ अब चलते हैं, यश से कहना जब भी टाइम मिले, रिया को मुम्बई लेकर आये।''

''अरे मुझे क्यों कह रही है सीधा यश से ही बात कर लेना, मेरे से तो तुम लोग बस फोन पर बात करते रहा करो अच्छा लगता हैं, अब आने के लिए कहूँगी तो वक़्त नहीं होने का बहाना बनाओगे''

''बुआ आप भी ना कुछ भी बोलती हो वक़्त मिलेगा तो मिलने भी आयेंगे, और फ़ोन पर तो बात करते ही रहेंगे... बस आप तो अपनी और फूफाजी की तबीयत का ध्यान रखना।'' इन्हीं औपचारिक बातों के साथ हमने भी बुआ के यहाँ से विदा ली। मम्मी-पापा एक दिन पहले अहमदाबाद के लिये निकल चुके

थे। उसके बाद तो व्यस्त दिनचर्या होने की वजह से बातचीत का सिलसिला धीरे-धीरे कम हो गया, बस कभी-कभी माँ से ही बुआ के हालचाल पता चल जाया करते थे, सब अच्छा ही चल रहा था, माँ और बुआ दोनों ही अपनी-अपनी बहुओं से ख़ुश थीं।

एक दिन अचानक आधी रात को माँ का फोन आया कि दिल का दौरा पड़ने से फूफाजी का देहांत हो गया है। सुनकर झटका लगा। ऐसा क्या हो गया वो तो बिलकुल स्वस्थ थे। खैर होनी को कौन टाल सकता है। मैं और नवीन सुबह तड़के ही जोधपुर के लिए रवाना हो गये वहाँ पहुँचे तो बुआ की हालत देखी नहीं जा रही थी। उनका तो रो रोकर बुरा हाल था, लेकिन पता नहीं क्यों ऐसा लगा कि रिया और यश के चेहरों पर शिकन तक नहीं है। यही बात जब मैंने माँ को बतायी तो उन्होंने डाँट दिया-

''दुःख दिल में होता हैं उसका ढिंढोरा नहीं पीटा जाता समझी'' मुझे भी माँ की बात सही लगी, फिर भी पता नहीं घर का माहौल कुछ अजीब-सा लगा। ऐसा लगा जैसे बुआ और यश के बीच में कुछ अनबन चल रही है लेकिन अपने मन का वहम समझ मैने यह बात दिमाग से निकाल दी। एक-एक कर बारह दिन भी गुज़र गये पगड़ी की रस्म हुई और सभी मेहमान वापिस चले गये। मैं और नवीन भी बुआ से विदा ले मुम्बई के लिये रवाना हो गये, लेकिन मेरा मन वहीं बुआ के पास अटका हुआ था।

''क्या हुआ रश्मि, क्या सोच रही हो?'' नवीन ने ट्रेन में पूछा,

''पता नहीं क्यों इस बार बुआ के घर का माहौल कुछ अच्छा नहीं लगा।''

''तुम भी कमाल करती हो, उस घर में मौत हुई है माहौल अच्छा कैसे होगा।''

''वो बात नहीं है मुझे लगता है बुआ और यश के बीच में अनबन हुई है, तुमने देखा दोनों कैसे एक-दूसरे से कटे-कटे थे और इस बार तो रिया का व्यवहार भी कुछ ठीक नहीं लगा।''

''रश्मि हो सकता है तुम जो कह रही हो वो सही हो, लेकिन हम किसी के घर के मामलों में तो नहीं बोल सकते न।''

''हाँ तुम सही कह रहे हो, मैं तो यह चाहूँगी कि यह मेरे मन का वहम हो''

"तुमने बिलकुल सही कहा अब थोड़ा आराम कर लो कुछ ही देर में मुम्बई आने वाला है, फिर तो घर पहुँचकर वही पुरानी वाली दिनचर्या शुरू हो जाएगी" नवीन के कहने से मैंने अपनी आँखे तो मूँद ली पर नींद कोसों दूर थी, ना चाहते हुए भी बुआ का चेहरा सामने आ रहा था।

कुछ ही देर में मुम्बई भी आ गया। उसके बाद तो घर पहुँचकर वही ऑफ़िस जाना, बच्चों का स्कूल, घर के काम इन सब में कुछ और सोचने का वक़्त ही नहीं मिला और धीरे-धीरे समय के साथ सब धुँधला होता चला गया। अब तो दिनचर्या इतनी व्यस्त हो गयी थी कि माँ से भी केवल इतवार को ही बात हो पाती, बाकी किसी से तो बात करने का वक़्त ही नहीं मिल पाता, बस उन्हीं से सबकी ख़ैर-ख़बर पूछ लेती। वैसे इस दौरान तीन-चार बार अहमदाबाद जाना भी हुआ और इसी तरह पाँच साल बीत गये लेकिन एक दिन जब इतवार को माँ से बात करने के लिये फोन किया तो उन्होंने फोन नहीं उठाया। एक के बाद एक कई फोन कर लिये लेकिन कोई जवाब नहीं था, मुझे चिंता होने लगी। जब पापा को फोन किया तो उनका भी कोई जवाब नहीं सोचा आज तो भाभी घर पर ही होंगी उन्हें फोन कर लेती हूँ। जब भाभी से बात हुई तो पता चला माँ और पापा बुआ के पास गये हैं। उनके पड़ोसी का फोन आया था। बुआ को बहुत तेज़ बुखार था इसलिए उन्हें सँभालने के लिए बुलाया था,

"लेकिन भाभी यश और रिया कहाँ हैं?"

"पता नहीं दीदी हो सकता हैं कही बाहर घूमने गए हो और पड़ोसी ने हमें फोन कर दिया।"

"हाँ हो सकता है और घर में सब ठीक है न भाभी।"

"हाँ दीदी सब ठीक हैं आप बताओ काफी वक़्त से आप आयी ही नहीं।"

"हाँ भाभी बच्चे बड़े हो रहे हैं और आप तो जानती हैं आजकल कॉम्पिटिशन का ज़माना है इसलिए स्कूल से ज़्यादा छुट्टी भी नहीं करवा सकते और नवीन को तो टूर से ही फ़ुरसत नहीं मिलती।"

"यहाँ का भी यही हाल है दीदी, बस कभी-कभार एक दूसरे से बात हो जाए वही काफी हैं"

"जी भाभी अच्छा अब मैं फ़ोन रखती हूँ माँ से कोई बात हो तो मुझे

बताना।''

"जी दीदी, अच्छा नमस्ते'' भाभी से बात करके मन को कुछ शांति तो मिली लेकिन अब बुआ की फ़िक्र होने लगी थी। समझ नहीं आ रहा था की वहाँ क्या चल रहा होगा।

इतने में ही माँ का फोन आ गया। "हैलो माँ! क्या हुआ बुआ को?''

"बेटा उन्हें बहुत तेज़ बुख़ार है, अभी डॉक्टर दवाई देकर गया है''

"यश और रिया कहाँ हैं, कही बाहर घूमने के लिये गये हुए हैं क्या?''

"नहीं बेटा वो दोनों इसी शहर में हैं, बस अब वो तेरी बुआ के साथ नहीं रहते बल्कि एक अलग फ़्लैट में रहते हैं।''

"माँ आप यह क्या कह रहे हो मुझे तो विश्वास ही नहीं हो रहा है कि यश भी ऐसा कर सकता है।''

"विश्वास तो मुझे भी नहीं हुआ था जब सुना, इसीलिए तेरी बुआ की ख़बर देने के लिये मैंने यश को फोन कर दिया। जानती हैं उसने क्या कहा?''

"क्या?''

"मेरे पास इन सब फ़ालतू बातों के लिए वक़्त नहीं है।''

"आपको उसी वक़्त उसे ज़ोर से डाँटना चाहिए था''

"नहीं बेटा यश अब बहुत बदल गया है; तुझे तो कुछ पता ही नहीं हैं तेरी बुआ कितनी परेशान हैं... अरे जिस औलाद को उन्होंने अपनी जान से भी ज़्यादा प्यार किया, उसकी ख़ुशियों में ही अपनी ख़ुशियों को तलाशा, वही औलाद अगर अपनी माँ को त्याग दे तो सोच उस माँ को कैसा लगेगा।''

"माँ आप एक काम करो सबसे पहले तो बुआ के ठीक होते ही उन्हें अपने साथ अहमदाबाद ले आओ, फिर बाद में देखते हैं क्या करना है।''

"हाँ ऐसा ही करूँगी... मुझे पहले पता होता तो कभी तेरी बुआ को अकेला नहीं छोड़ती, लेकिन उन्होंने तो कभी यह सब मुझे बताया ही नहीं बल्कि वो तो हमेशा यश और रिया की तारीफ़ ही करती थीं।''

"आप समझतीं क्यों नहीं हो वो यश की माँ हैं और कोई माँ कभी भी अपने

बच्चों के बारे में बुरा नहीं बोलती है, चाहे बच्चा कितना ही नाकारा क्यों न हो।''

''हाँ यह तो तू सही कह रही है; अच्छा अब मैं फोन रखती हूँ, तेरी बुआ को कुछ खाने को दे दूँ।'' ऐसा कह माँ ने फोन रख दिया और मैं भी घर के काम ख़त्म करने लगीं लेकिन शायद दिमाग मेरे साथ नहीं था... वो तो बस बार-बार बुआ के पास चला जाता।

अगले दिन मैं ऑफ़िस में काम कर रही थी कि माँ का फोन आ गया ''हैलो माँ! क्या हुआ, बुआ कैसी हैं?''

''रश्मि तेरी बुआ की तबीयत बहुत ख़राब है, तेरे पापा और मैं उन्हें अस्पताल लेकर जा रहे हैं, अभी राहुल को फोन किया था वो भी यहाँ आ रहा है।''

''माँ आप यश को फोन करो उसको आना चाहिए।''

''किया था बेटा, वो दोनों शिमला घूमने गये हैं।''

''हे भगवान! क्या हो गया है दोनों को, ज़रा भी चिंता नहीं है अपनी माँ की।''

''अब क्या कर सकते हैं, हमसे जितना हो पाएगा तेरी बुआ की देखभाल करेंगे आगे भगवान की मर्ज़ी।''

''आप हिम्मत से काम लो माँ, बुआ जल्द ही अच्छी हो जाएँगी, अच्छा अब मैं फ़ोन रखती हूँ, आप बुआ की ख़ैर-ख़बर देते रहना।'' ऐसा कह मैंने फोन तो रख दिया लेकिन अब चिंता पहले से भी ज़्यादा होने लगी थी और साथ ही यश और रिया पर ग़ुस्सा भी बहुत आ रहा था... मन हो रहा था दौड़ के यश के पास जाऊँ और ज़ोर से उसको एक थप्पड़ लगाऊँ। तरस आ रहा था बुआ पर... बल्कि बुआ ही नहीं उन सभी माँओं पर तरस आ रहा था जो अपने बच्चों के लिए अपना पूरा जीवन दाँव पर लगा देती हैं... ख़ुद की ख़ुशियाँ, यह शब्द तो जैसे उनकी ज़िन्दगी में होता ही नहीं है; बच्चों की ख़ुशी में ही ख़ुश हो लेती हैं, उनका छोड़ा हुआ खाना खाकर ही पेट भर लेती हैं और बच्चे को थोड़ी सी भी तकलीफ़ हो तो पूरी दुनिया सिर पर उठा लेती हैं। आज वही माँ तकलीफ़ में हैं तो उसके बच्चे को कोई फ़र्क़ ही नहीं पड़ रहा, क्या यही दुनियादारी हैं। माँ-बाप अपने बच्चे के लिए पूरी दुनिया से लड़ जाते हैं, वही एक बच्चे से अपनी

माँ की देखभाल नहीं हो पा रही है, सवाल तो और भी बहुत उठ रहे थे दिमाग़ में लेकिन उनके जवाब कहीं भी नहीं थे।

दिन में रोज़ एक बार माँ से फ़ोन पर बुआ के हाल-चाल पूछ लिया करती, लेकिन उनकी तबीयत थी कि सुधरने का नाम ही नहीं ले रही थी, आज बुआ को अस्पताल में भर्ती हुए पूरे दस दिन हो गये, अब तो डॉक्टरों ने उन्हें आई.सी.यू में शिफ़्ट कर दिया है। फोटो देखते हुए न जाने क्यों मन विचलित होने लगा। सोचा जैसे ही नवीन टूर से वापिस आते हैं उनसे बात कर कुछ दिनों के लिए बुआ से मिलकर आऊँगी। मैं यह सब सोच ही रही थी इतने में ही फोन की घण्टी बजी,

"हैलो!"

"हैलो रश्मि मैं राहुल बोल रहा हूँ।"

"भैया आप कैसे हो और अब बुआ की तबीयत कैसी है?"

"रश्मि एक अच्छी ख़बर है, बुआ से मिलने यश आया हुआ हैं, बार-बार अपनी गलतियों की माफ़ी माँग रहा हैं, लगता है वाक़ई में उसको अपनी ग़लती का एहसास हो गया है।"

"अच्छा है न भैया, देर से ही सही यश ने अपनी ग़लती मान तो ली... और रिया, वो भी आयी हैं न साथ में!"

"नहीं, वो नहीं आयी।"

"कोई बात नहीं, बेटा आ गया है तो अब बहू भी आ जाएगी"

"अच्छा अब मैं फ़ोन रखता हूँ और हाँ हो सकता हैं हम लोग आज रात ही अहमदाबाद के लिये रवाना हो जाएँ; यश ने वादा किया है कि अब वो बुआ को बिलकुल भी अकेला नहीं छोड़ेगा और उनकी पूरी तरह से देखभाल करेगा।"

"भैया यह तो बहुत अच्छी बात है, लेकिन बुआ की तबीयत थोड़ा और सुधर जाती उसके बाद वापिस जाते तो अच्छा था।"

"नहीं रश्मि, ऐसा करने से यश को ऐसा लग सकता है कि हमें उसके ऊपर विश्वास नहीं है।"

"शायद आप सही कह रहे हैं; अच्छा अब मैं फोन रखती हूँ, यह

ख़ुशख़बरी नवीन को भी तो देनी है।'' ऐसा बोल मैंने फोन रख दिया और चेहरे पर असीम मुस्कान लिये नवीन को फोन लगाने लगी।

वक़्त अपनी ही गति से गुज़र रहा था। बुआ भी अब ठीक होकर घर चली गयी थीं। कभी माँ से तो कभी बुआ से बात हो जाया करती थी। बातों ही बातों में पता चलता था कि अब तो रिया का व्यवहार भी बुआ के साथ अच्छा है। जानकर मन को सुकून मिलता कि मेरे परिवार की ख़ुशियाँ वापिस आ गयी हैं। लेकिन शायद यह ख़ुशियाँ ज़्यादा वक़्त के लिए नहीं थीं। एक रात अचानक तीन बजे फोन की घण्टी बजी। मैंने किसी अनहोनी का अंदाज़ा लगाते हुए फोन उठाया और हुआ भी वैसा ही। भैया का फोन था कि बुआ अब इस दुनिया में नहीं रही थीं। कुछ भी समझ नहीं आ रहा था कि अचानक से क्या हो गया... अब तो सब कुछ सही होने लगा था। लेकिन ये सब सोचने का समय नहीं था। मैं तुरंत ही नवीन के साथ जोधपुर के लिये रवाना हो गयी। वहाँ शोक सभा में आयी हुई पड़ोस की औरतें बार-बार यश और रिया को कोस रही थीं... कह रही थीं भगवान ऐसी औलाद किसी को भी न दे, जिसने अपनी माँ से ही नौकरो जैसा व्यवहार किया। अब सबकुछ समझ आ गया था... उस दिन अस्पताल में यश ने केवल सुधरने का नाटक किया था, हक़ीक़त तो कुछ और ही थी। लेकिन अब पछताने का कोई फ़ायदा भी नहीं था क्योंकि अब बुआ तो वापिस आ नहीं सकती थीं न।

11

मायके का मोह

मैं सुबह ऑफिस जाने के लिये तैयार हो ही रही थी कि अचानक से लैण्ड-लाइन की घण्टी बजने लगी।

"इस मोबाइल के ज़माने में ये लैण्ड-लाइन पर किसका फोन आ गया..." बड़बड़ाते हुए मैंने जैसे ही फोन उठाया,

"हैलो..."

"हैलो दीदी! कैसे हो।" सामने से आवाज़ आयी,

"कौन? मैंने पहचाना नहीं।" मेरे पूछते ही,

"दीदी मैं भाभी बोल रही हूँ।" ये आज भाभी ने क्यों फोन किया। सब ठीक तो है। पूरे बीस साल बाद भाभी का फोन आया देख मन मे ढेरों सवालों ने जन्म ले लिया

"हैलो भाभी नमस्ते।"

"नमस्ते दीदी, लगता हैं आप तो हमें भूल ही गये"

"नहीं भाभी ऐसी कोई बात नहीं है"

"अगर ऐसा नहीं है तो आपने पिछले बीस सालों में हमारी ख़बर क्यों नहीं ली?"

"भाभी आप तो जानती ही हैं कि मैं पूरा दिन ऑफिस में कितना बिजी रहती हूँ और फिर शाम को आते-आते इतना थक जाती हूँ कि कुछ और करने की

हिम्मत ही नहीं रहती।'' कहने को तो मैं भी कह सकती थी कि भाभी आपने भी तो फोन नहीं किया, लेकिन मैं उनसे बहस ही नहीं करना चाहती थी।

''हाँ दीदी सो तो है।''

''वैसे भाभी वहाँ सब कैसे हैं और भैया; उनकी तबीयत तो ठीक रहती है न!''

''हाँ दीदी सब अच्छे हैं, बस आपको एक ख़ुशख़बरी देनी थी''
''ख़ुशख़बरी कैसी ख़ुशख़बरी भाभी?''

''आपके भतीजे का रिश्ता तय हो गया है।''

''नितिन का रिश्ता?''

''हाँ दीदी''

''भाभी यह तो वाक़ई में बहुत बड़ी ख़ुशख़बरी है, बहुत-बहुत बधाई हो आपको।''

''आपको भी दीदी अब आप सबको शादी में ज़रूर आना है, शादी की तारीख़ तय होते ही मैं आपको बता दूँगी।''

''अच्छा भाभी ठीक है, अब मैं फोन रखती हूँ ऑफिस के लिये भी निकलना है।'' ऐसा कहते ही बिना भाभी का कोई जवाब सुने मैंने फोन रख दिया।

जिन यादों पर पिछले बीस सालों में वक़्त की धूल चढ़ गयी थी, वो आज फिर से मुझे साफ़-साफ़ नज़र आ रही थीं। इन्हीं यादों ने मुझे आज कुछ वक़्त के लिये अतीत में भेज दिया। बात उस समय की है जब भैया की नयी-नयी शादी हुई थी। घर में सभी बहुत ख़ुश थे, खासकर मैं... क्योंकि मुझे भाभी के रूप में एक दोस्त जो मिली थी। लेकिन भाभी के आते ही हमारे सपने चकनाचूर होने लगे। माँ और पापा जैसी बहू का सपना देख रहे थे, भाभी बिलकुल उसके विपरीत थी, फिर भी हमने उनके हिसाब से एडजस्ट होने की कोशिश की, जिससे कि घर पर शान्ति बनी रहे। लेकिन कोई फ़ायदा नहीं हुआ। धीरे-धीरे भाभी ने भैया को बेवजह ही हमारे ख़िलाफ़ भड़काना शुरू कर दिया। शुरू-शुरू में तो भैया, भाभी की बात एक कान से सुनते और दूसरे कान से निकाल देते,

लेकिन फिर उनके सब्र का बाँध टूटने लगा... वो अपना सारा ग़ुस्सा हम तीनों पर निकालने लगे। घर पर आए दिन झगड़े होने लगे। हद तो उस वक़्त हो गयी जब भैया ने पापा से अपना हिस्सा माँग लिया। इस बात को लेकर घर में बहुत कहासुनी हुई। माँ ने भाभी को अकेले में ले जाकर पूछा भी कि आख़िर वो क्या चाहती हैं, तो भाभी ने भी जायदाद में हिस्से की माँग की। जिस स्वर्ग जैसे घर का माँ ने सपना देखा था, उसे वो ख़ुद अपनी आँखों से नरक बनते हुए देख रही थी घर की बिगड़ती हुई स्थिति देख माँ ने जल्द से जल्द मेरी शादी करवाने का फ़ैसला कर लिया, लेकिन उस वक़्त मैं एम.बी.ए. की पढ़ाई कर रही थी और पापा बिलकुल भी नहीं चाहते थे कि इस दौरान मुझे डिस्टर्ब किया जाए। लेकिन माँ थीं कि ज़िद पकड़कर ही बैठ गयीं। उनकी ज़िद के आगे पापा की एक भी ना चली थीं और मेरी पढ़ाई पूरी होने से पहले ही मेरी शादी प्राइवेट सेक्टर में काम करने वाले शेखर के साथ तय कर दी गयी।

दो महीने बाद मेरी शादी थी, लेकिन अफ़सोस... मेरी शादी के किसी भी कार्यक्रम में भैया और भाभी ने हिस्सा नहीं लिया। शादी के सारे काम केवल पापा-मम्मी की ज़िम्मेदारी थे भैया-भाभी तो शादी में शामिल तक नहीं हुए और यह बात मेरे ससुरालवालों से भी नहीं छुप पायी। पहले ही दिन शेखर को हमारे घर की स्थिति के बारे में सबकुछ पता चल गया और साथ ही उन्हें भैया-भाभी से नफ़रत भी हो गयी, बल्कि उन्होंने तो यहाँ तक कहाँ कि माँ व पापा को हमारे पास ले आते हैं... लेकिन वो आने को तैयार ही नहीं हुए।

अभी मेरी शादी को दो महीने भी नहीं गुज़रे थे कि ज्यादा तबीयत ख़राब हो जाने की वजह से माँ का देहांत हो गया। पापा बिलकुल अकेले हो चुके थे। मैं कुछ दिन तो उनके साथ रही, लेकिन अपना ससुराल छोड़कर ज़्यादा लम्बे समय तक वहाँ रहना मेरे लिए सम्भव नहीं था इसलिए मैंने पापा के लिए एक नौकर का इंतज़ाम करवा दिया। यूँ तो उन्हें मैंने अपने पास रहने के लिए भी आमंत्रित किया, लेकिन वो मेरे साथ रहने के लिये तैयार ही नहीं हुए।

अभी मम्मी को गये हुए साल भर भी नहीं बीता था कि पापा भी चल बसे। मेरा तो जैसे संसार ही ख़त्म हो चुका था। भैया-भाभी इस लायक़ थे ही नहीं कि कभी-कभार उनके पास जाया जाए। मैं पूरी तरह से टूट चुकी थी... ऐसे में शेखर ने ही मुझे सम्भाला। लेकिन कहीं न कहीं मैं पापा के घर से अपना मोह नहीं छोड़ पायी इसलिए समय-समय पर वहाँ जाती रहती। कुछ देर माँ और पापा

के कमरे में बैठकर उन्हें याद करती... लेकिन मैं यह भी जानती थी कि भैया-भाभी को मेरा आना बिलकुल भी पसन्द नहीं है। कई बार तो भाभी ने बातों ही बातों में कहने की कोशिश भी की; लेकिन पापा के घर में बसी मेरी यादों की वजह से मैं उनकी बातों को सुनकर भी अनसुना कर देती। वक़्त बीतता जा रहा था। इस दौरान मेरे दो बच्चे भी हुए, जिस वजह से अब मेरा वहाँ जाना बहुत ही कम हो चुका था, क्योंकि बच्चे बड़े हो रहे थे। अब मेरा ज़्यादातर वक़्त बच्चों की परवरिश में जाने लगा।

फिर एक दिन किसी रिश्तेदार से पता चला कि भैया-भाभी ने पापा का घर किसी और को बेच दिया है जिसकी जानकारी मुझे देना उन्होंने ज़रूरी भी नहीं समझा। मेरा एकमात्र सहारा भी अब छिन चुका था। बहुत रोयी थी मैं उस दिन। उसके बाद कभी भी मैं वहाँ नहीं गयी और आज अचानक से भाभी के फोन ने मुझे अतीत में पहुँचा दिया।

शाम को जब शेखर, कम्पनी से वापिस आये तो मैंने उन्हें भाभी के फोन के बारे में बताया। ''देखो निशा, मैं तो शादी में नहीं जा पाऊँगा, तुम अपना देख लेना और मेरे हिसाब से बच्चों की कॉलेज से छुट्टी करवाना भी सही नहीं होगा।'' मैं जानती थी कि शेखर का कुछ ऐसा ही जवाब होगा, क्योंकि वो भैया-भाभी से बहुत नफ़रत करते थे। लेकिन मेरी भैया-भाभी से मिलने की इच्छा होने लगी। यूँ तो वो दोनों इस लायक़ ही नहीं कि उनसे किसी भी प्रकार का कोई सम्बंध रखा जाए... लेकिन शायद ये मायके का मोह था जिसकी वजह से मेरी शादी में जाने की इच्छा होने लगी। सोचने लगी जैसे ही भाभी शादी की तारीख़ बताएँगी तुरंत अपने टिकट करवा लूँगी। लेकिन बदक़िस्स्मती से उसके बाद भाभी का फोन आया ही नहीं न ही भैया का फ़ोन आया। किसी दूर के रिश्तेदार से पता चला कि नितिन की शादी हो गयी। लेकिन मुझे कार्ड तक देखने को नहीं मिला। यह सुनकर मेरे दिमाग़ में सबसे पहले यही बात आयी कि जब बुलाना ही नहीं था तो क्यों बीस साल बाद फोन किया... क्यों मेरे ज़ख़्मों को कुरेदा... जिस अतीत को भूल जाने में मुझे बीस साल लग गये, उस अतीत को फिर से क्यों याद दिला दिया।

12

माँ की ममता

"जाड़े की गुनगुनी धूप में बैठने का अपना ही एक मज़ा है और संग मिल जाए मूँगफली, रेवड़ी और गज़क तो क्या कहने, ज़िन्दगी जीने का आनंद ही आ जाता है।" अशोक ने कावेरी से कहा, लेकिन कावेरी चुप रही। यही चुप्पी अशोक को तकलीफ़ देती थी, फिर भी वो कावेरी को ख़ुश करने की हर कोशिश करता। आज कावेरी का जन्मदिन है, लेकिन उसके चेहरे पर उदासी छायी हुई है।

"कावेरी चलो आज कहीं घूमने चलते हैं, वापिस आते वक़्त किसी अच्छे से होटल में खाना खा कर आएँगे।"

"अशोक मुझे कही नहीं जाना, अगर तुम जाना चाहो तो जा सकते हो।"

"अरे भई जन्मदिन तो तुम्हारा है, मैं अकेला जाकर क्या करूँगा, चलो अच्छा लगेगा; वैसे भी हम दोनों कई दिनों से कहीं बाहर घूमने नहीं गये।" अशोक ने आग्रह किया, लेकिन कावेरी बिना कोई जवाब दिये अपने कमरे में चली गयी। कावेरी का व्यवहार देख, न चाहते हुए भी आज अशोक का मन अतीत की ओर चला गया।

बीस साल पुरानी बात है, जब अशोक और कावेरी का बेटा नितिन तक़रीबन आठ-नौ साल का था और बहुत ही ज़िद्दी भी।

"नितिन बेटा क्यों परेशान कर रहा है, खाना खा ले फिर खेल लेना।" कावेरी ने नितिन को आवाज़ लगायी।

"क्या बनाया है?"

“तेरा मनपसंद आलू का पराठा।”

“नहीं खाना, पिज़्ज़ा बनाओगी तो खाऊँगा।”

“अच्छा बाबा बनाती हूँ नाराज़ मत हो।” ऐसा कह कावेरी रसोईघर की ओर चली गयी। ऐसा पहली बार नहीं हुआ था, यह तो जैसे रोज़ की ही दिनचर्या हो गयी थी। नितिन के नख़रे थे कि ख़त्म होने का नाम ही नहीं लेते थे और कावेरी उसकी हर इच्छा हँसते-हँसते पूरी करती।

“कावेरी तुम इसको इतना सिर पर मत चढ़ाओ, ऐसा न हो एक दिन पछताना पड़े।” अशोक ने कहा,

“आप तो चुप ही रहिए! मेरा इकलौता बेटा है, इसे सिर नहीं चढ़ाऊँगी तो किसे चढ़ाऊँगी।” कावेरी ने पलटकर जवाब दिया। कावेरी का जवाब सुन अशोक बिना कुछ बोले वहाँ से चला गया। नितिन को लेकर उन दोनों में तकरार लगभग हर रोज़ ही होती। कावेरी का अपने बेटे की ग़लतियों पर पर्दा डालना और उसकी हर इच्छा को बिन सोचे-समझे पूरी करना, कहीं ना कहीं उसे ग़लत राह की ओर धकेल रहा था। अशोक इन सभी बातों से वाक़िफ़ थे, फिर भी कुछ नहीं कर पा रहे थे... शायद एक माँ के लाड़-प्यार के आगे हार मान गये थे।

वक़्त गुज़र रहा था। नितिन भी गुज़रते वक़्त के साथ बड़ा हो रहा था। एक दिन अशोक ने ऑफ़िस से वापिस आते वक़्त नितिन को अपने दोस्तों के साथ सिगरेट पीते हुए देखा तो तुरन्त ही गाड़ी से उतरकर उसे ऐसा करने से रोकने की कोशिश की। लेकिन नितिन के यह कहने पर कि आप कौन होते हैं मुझे कुछ कहने वाले, अशोक उदास मन से घर वापिस आ गया। यहाँ तक की कावेरी ने भी नितिन का ही पक्ष लिया जो अशोक को बिलकुल भी गवारा नहीं था।

फिर कुछ दिनों बाद। “कावेरी! इतनी रात हो गयी नितिन अभी तक वापिस नहीं आया, एक बार फोन करके पूछो कहाँ है।” अशोक ने कहा,

“अरे जवान लड़का है, अपने दोस्तों के साथ कहीं घूम रहा होगा, आप सो जाइए।” कावेरी ने लापरवाह होते हुए कहा।

“पता नहीं कब अक़्ल आएगी इन दोनों माँ-बेटे को।” अशोक बड़बड़ाने लगा। इतने में ही दरवाज़े की घण्टी बजी। जैसे ही अशोक ने दरवाज़ा खोला तो देखता है कि नितिन नशे की हालत में खड़ा है। नितिन को ऐसा देख अशोक

आपे से बाहर हो गया और नितिन को एक ज़ोरदार थप्पड़ लगा दिया।

"अशोक तुम्हारी हिम्मत कैसे हुई मेरे बेटे पर हाथ उठाने की।" कावेरी ने पीछे से आकर अशोक को लताड़ा, लेकिन अब अशोक के सब्र का बाँध टूट चुका था।

"तुम बहुत बड़ी ग़लती कर रही हो कावेरी, एक दिन तुम्हें पछताना पड़ेगा।" अशोक ने ग़ुस्से में चीख़ते हुए कहा। कावेरी ने पहली बार अशोक को इतने ग़ुस्से में देखा था। वो बिना कुछ कहे नितिन को लेकर अंदर चली गयी। उसके बाद कई दिनों तक घर में चुप्पी छायी रही।

कुछ महीनों बाद फिर एक दिन, "माँ!"

"हाँ बेटा, आ गया और यह कौन है तेरे साथ, तेरी दोस्त? क्या नाम है बेटी तुम्हारा?"

"माँ यह सुरभि है मेरी पत्नी; हमने आज ही कोर्ट में शादी की है।" नितिन ने सुरभि का हाथ अपने हाथों में लेते हुए कहा।

"लेकिन बेटा अचानक... पहले कुछ बताया भी नहीं हम मना तो नहीं करते न।" कावेरी की आँखों से आँसू छलक गये।

"जानता हूँ लेकिन मैं किसी का भी दख़ल नहीं चाहता था।"

"लेकिन बेटा हम कोई ओर नहीं तेरे माँ-बाप हैं, तेरे पापा को पता चलेगा तो उनका दिल ही टूट जाएगा।"

"अब मुझे किसी से कोई लेना-देना नहीं है, मैं तो आपको शादी की इत्तला देने आया था; हमने फ़ैसला किया हैं कि अब हम अलग मकान लेकर रहेंगे।" नितिन के ऐसा कहते ही कावेरी चक्कर खाकर सोफ़े पर गिर गयी

"क्या हुआ माँ! तुम्हारी तबीयत ठीक नहीं है क्या।" नितिन ने बेमन से पूछा।

"बेटा ऐसी क्या ग़लती हो गयी जिसकी तू हमें सज़ा दे रहा है, बल्कि मैंने तो हमेशा तेरा ही पक्ष लिया है, हर क़दम पर दुनिया से लड़ी हूँ तेरे लिए। तूने शादी कर ली कोई बात नहीं बल्कि मैं तो तेरी ख़ुशी में ख़ुश हूँ... लेकिन यहाँ से जाने की बात तो मत कर, तेरी माँ तेरे बिना कैसे जी पाएंगी"

“कावेरी अब बस भी करो, कुछ कहने की ज़रूरत नहीं हैं, जाना चाहता है तो जाने दो इसे।” अशोक ने अचानक से वहाँ आकर ग़ुस्से में कहा,

“आप ऐसा मत कहिए, मैं कैसे रहूँगी इसके बिना।” कावेरी गिड़गिड़ा रही थी लेकिन किसी का भी दिल नहीं पिघला। नितिन अपना सामान लेकर निकल गया और अशोक ने उसे रोकने की कोशिश भी नहीं की।

इस घटना के बाद कावेरी बीमार हो गयी। किसी से बात भी नहीं करती, बस उदास-सी बैठी रहती। अशोक भी बहुत कोशिश करता समझाने की, लेकिन कोई फ़ायदा नहीं होता, सबसे बड़ी बात तो यह थी कि जिस बेटे के लिए कावेरी ने अपनी ज़िन्दगी जी, उसने तो कभी पलटकर फोन भी नहीं किया... लेकिन कावेरी थी कि उसके वापिस आने की आस लगाये हुए थी। दिन गुज़र रहे थे और कावेरी के चेहरे की उदासी भी बढ़ती जा रही थी। वो हर पल बस यही सोचती की आज मेरा बेटा ज़रूर आएगा। लेकिन ऐसा नहीं हुआ। मगर एक दिन नितिन वापिस आया।

“माँ!” नितिन के आवाज़ लगाते ही,

“मेरा बेटा वापिस आ गया... अशोक देखा तुमने, नितिन वापिस आ गया, मैंने कहा था न यह वापिस ज़रूर आएगा।” कावेरी, नितिन को प्यार करने लगी।

“माँ-पापा मुझे आप दोनों से कुछ बात करनी है।” नितिन ने कहा।

“हाँ बोल बेटा।” कावेरी के कहते ही,

“मैं और मेरी पत्नी सुरभि चाहते हैं कि आप लोग अपनी सारी प्रॉपर्टी हमारे नाम कर दें।” नितिन के ऐसा कहते ही,

“इस बात का क्या मतलब है क्या मैं जान सकता हूँ!” अशोक ने ग़ुस्से में कहा।

“दरअसल हम चाहते हैं कि आप दोनों किसी वृद्धाश्रम में जाकर रहे और यह घर हमारे नाम कर दें।” नितिन के ऐसा कहते ही कावेरी ने उसे ज़ोर से थप्पड़ मारा और कहा “इसी वक़्त यहाँ से निकल जाओ और इसके बाद कभी अपनी शक्ल भी मत दिखाना; पागल हो गयी थी मैं तेरे इंतज़ार में, लेकिन मुझे नहीं पता था कि तू इंसान नहीं वो साँप है जिसके लिए कुछ भी कर लो एक न

एक दिन डसेगा ज़रूर।'' कावेरी को ग़ुस्से में देख,

''तुम शांत हो जाओ नहीं तो तुम्हारी तबीयत ख़राब हो जाएगी।'' अशोक ने कावेरी को समझाते हुए कहा।

''नहीं अशोक, मुझे बोलने दो... तुमने तो बहुत समझाया लेकिन मैं ही इसके लिए पागल हो रही थी, मुझे माफ़ कर दो अशोक।'' अपनी बात बनती न देख नितिन वहाँ से चला गया।

''कावेरी! मैंने एक फ़ैसला किया है कि हमारे बाद यह सारी प्रॉपर्टी किसी ट्रस्ट में दान कर दी जाए, क्या तुम मेरे साथ हो?''

''हाँ अशोक मैं तुम्हारे साथ हूँ और मैंने भी एक फ़ैसला किया है कि आज से हम दोनों केवल एक-दूसरे के लिए जिएँगे, किसी और के लिए नहीं।'' कावेरी के ऐसा कहते ही अशोक ने उसे अपने गले से लगा लिया... लेकिन कावेरी के दिल से नितिन की याद नहीं निकल पायी।

''अरे यहाँ बैठे-बैठे क्या सोच रहे है आप, घूमने नहीं चलना है क्या? देखिए मैं तो तैयार हो गयी, अगर अब जाने में देर होगी तो वो आपकी वजह से।''

''कावेरी तुम अंदर तैयार होने गयी थी, मुझे लगा कि...'' कावेरी को अपने सामने तैयार खड़ा हुआ देख अशोक अचानक से वर्तमान में आ गया। ''क्या लगा आपको कि अपने बेटे की याद में आँसू बहाने गयी हूँ... नहीं, बहुत बहा लिये आँसू, अब केवल हम मुस्कुराएँगे; ख़ुद ख़ुश रहेंगे और एक-दूसरे को ख़ुश रखेंगे।'' कावेरी ने अशोक की ओर मुस्कुराकर देखते हुए कहा।

13

बैड-टच

आज कुहू पूरे दस साल की हो गयी है और उसके जन्मदिन की ख़ुशी में उसके पापा राजन ने एक ज़ोरदार पार्टी का आयोजन किया है जिसमें सभी रिश्तेदारों, दोस्तों एवं पड़ोसियों तक को आमंत्रित किया गया है कुहू, राजन और सीमा की इकलौती बेटी है और यही एक वजह है कि वो दोनों अपनी बेटी पर जान छिड़कते हैं... उसके कहने से पहले ही उसकी हर इच्छा पूरी कर दी जाती है। कम शब्दों में कहा जाए तो कुहू, राजन और सीमा की जान है। लेकिन आज वही कुहू न जाने क्यों अपने जन्मदिन पर उदास बैठी है।

''कुहू बेटा! क्या कर रही हो कमरे में, बाहर आ जाओ, देखो बुआ आयी हैं और तुम्हारा बर्थडे गिफ़्ट भी लायी हैं।'' सीमा ने जैसे ही कुहू से उसकी बुआ के आने का ज़िक्र किया वो और ज़्यादा सहम गयी। लेकिन इस ओर सीमा ने कोई ध्यान ही नहीं दिया और अपने कामों में लग गयी। कुछ देर तक भी जब कुहू अपने कमरे से बाहर नहीं आयी तो उसकी बुआ पूनम ही उससे मिलने चली गयी और साथ में बुआ का बेटा बंटी भी था (पूनम राजन से पूरे दस साल बड़ी थी। पूनम और राजन के बीच उनकी दो बहनें और थीं जो फ़िलहाल अमेरिका में थीं।), कुहू बेटा देखो बुआ आपके लिए क्या लायी हैं, आपने बुआ से टेडी बियर माँगा था न वो ही लायी हूँ और देखो बण्टी भैया भी आपको बर्थडे विश करने आया है।'' पूनम के बोलते ही कुहू से आठ साल बड़े बण्टी ने उसे अपने गले से लगा लिया। उसके ऐसा करते ही कुहू उसे झटकते हुए कमरे से बाहर भाग गयी।

''सीमा! क्या हो गया है आज इस लड़की को; पहले तो पूरा-पूरा दिन अपने बण्टी भैया के साथ खेलती रहती थी और आज उसकी तरफ़ देखने को

तैयार नहीं है।''

''छोड़िए दीदी आप उसे, पता नहीं क्यों आजकल कुछ उखड़ी-उखड़ी-सी रहती है; बच्ची है, हो गया होगा झगड़ा दोस्तों से, लीजिए आप तो चाय पीजिए।'' ऐसा कहते हुए सीमा ने कुहू को नज़रअंदाज़ कर दिया।

उस दिन शाम को बड़ी ही धूमधाम से कुहू का जन्मदिन मनाया गया, लेकिन इस दौरान एक पल के लिये भी उसके चेहरे पर मुस्कान नहीं आयी... वो तो बस केक काटकर अपने कमरे में जाकर सो गयी। कितना कहा उसके दोस्तों ने कि वो उनके साथ खेले, लेकिन कुहू ने किसी की भी एक न सुनी। कुहू का इस तरह से व्यवहार करना अब सीमा को खटकने लगा।

''कुहू बेटा यह क्या बेतमीज़ी है, आपके दोस्त आपका बर्थडे मनाने आये हैं और आप हो कि उनके साथ अच्छा बिहेव भी नहीं कर कर रहे हो; चलो बाहर आओ और अपने दोस्तों के साथ एन्जॉय करो।''

''नहीं मम्मी मुझे नहीं आना, मेरा मन नहीं है, आप जाओ यहाँ से।'' कुहू का इस तरह से बोलना सीमा को बिलकुल भी अच्छा नहीं लगा, लेकिन कुछ कहने की बजाय वो वहाँ से चली गयी।

''क्या हुआ सीमा, कुहू कहाँ हैं? सब उसके बारे में पूछ रहे हैं।''

''अपने कमरे में... राजन, पता नहीं क्या हो गया है इस लड़की को, कुछ दिनों से देख रही हूँ अजीब-सा व्यवहार कर रही है।''

''बात की तुमने उससे?''

''बात ही तो नहीं कर रही है वो मुझसे; आप क्यों नहीं पूछते उससे।''

''ठीक है पार्टी ख़त्म हो जाने दो उसके बाद बात करता हूँ।'' उस दिन देर रात तक पार्टी चलती रही। वहाँ आए सभी मेहमानों ने बहुत एन्जॉय किया लेकिन बर्थडे गर्ल कुहू से कोई भी नहीं मिल पाया। जो भी कोई उसके बारे में पूछता, सीमा और राजन ये कहकर टाल देते कि उसकी तबीयत ठीक नहीं है इसलिए अपने कमरे में सो रही है।

अगले दिन सुबह जब कुहू अपने कमरे से बाहर आयी तो राजन ने उसे अपने पास बुलाया।

"कुहू! आपकी तबीयत ठीक नहीं है क्या?"

"ठीक है पापा।"

"तो फिर कल आपने अपना बर्थडे एन्जॉय क्यों नहीं किया। जानते हो सभी मेहमान आपके बारे में पूछ रहे थे... आपके दोस्त तो आपके साथ खेले बिना ही चले गये, बेटा ये अच्छी बात नहीं है न"

"सॉरी पापा।"

"इट्स ओके, बट कोई बात है तो बताओ बेटा।"

"कुछ नहीं पापा।" ऐसा कहते हुए कुहू अपने कमरे में वापिस चली गयी। कुहू से बात करके राजन को भी ये बात खटकी कि ज़रूर वो उससे कोई बात छुपा रही है। राजन ने जब इस इस बारे में सीमा से कहा तो उसे भी कुहू को लेकर चिंता होने लगी, लेकिन उस दिन पार्टी का सामान समेटने की वजह से घर पर इस सन्दर्भ में कोई बात ही नहीं हो पायी और अगले दिन सीमा और राजन को जॉब के लिये जाना था इसलिए फिर से बात आयी-गयी हो गयी।

कुछ दिनों बाद कुहू की समर-वेकेशन शुरू होने वाली थी और इन वेकेशंस में बण्टी भी अपने मामा राजन के यहाँ कुछ दिनों के लिये रहने आने वाला था।

"कुहू, आपकी वेकेशन शुरू होने वाली हैं; क्या प्रोग्राम है वेकेशंस का वैसे कुछ दिनों के लिये आपके बण्टी भैया भी आ रहे हैं यहाँ रहने के लिये।" सीमा के कहते ही कुहू के चेहरे का रंग उड़ गया, घबराहट उसके चेहरे पर साफ़ झलक रही थी, जिसे देख सीमा को चिंता होने लगी।

"क्या हुआ कुहू कोई बात हैं क्या; बेटा कोई भी परेशानी हो तो आप मम्मा को बता सकते हो।"

"मम्मा क्या बण्टी भैया का आना रुक नहीं सकता?"

"अरे अच्छा है न बेटा अगर वो आ रहे हैं तो... उनके आने से आप बोर नहीं होंगे, नहीं तो आप पूरा दिन घर पर अकेले कैसे रहोगे, पापा-मम्मा तो जॉब पर चले जाएँगे न"

"रह लूँगी मैं अकेले, नहीं चाहिए मुझे कोई भी, मना कर दो आप उन्हें!"

कुहू ने जैसे ही ग़ुस्से से चिल्लाते हुए कहा,

“सच-सच बताना कुहू क्या बात है, क्या छुपा रही हो तुम हमसे?” सीमा ने कुहू को अपने ओर खींचते हुए पूछा।

“मम्मा... मम्मा कुछ नहीं।” “कुहू तुम्हें मेरी कसम है सच-सच बताओ क्या बात हैं; मैं बहुत दिनों से नोटिस कर रही हूँ कि तुम्हारे व्यवहार में अजीब-सा बदलाव आया है”

“मम्मा मुझे बण्टी भैया बिलकुल भी अच्छे नहीं लगते, वो गन्दी बात करते है।”

“मतलब” सीमा ने आश्चर्य से पूछा।

“मतलब उनका टच बैड टच है मम्मा”

“कुहू...”

“हाँ मम्मा, बण्टी भैया पिछले कई महीनों से मुझे परेशान कर रहे है”

“और यह बात आप मुझे आज बता रहे हो, वो भी मेरे पूछने का बाद; पहले क्यों नहीं बताया, बोलो कुहू क्यों नहीं बताया पहले?”

“मम्मा मैं बहुत ड़र गयी थी।” ऐसा कहते ही कुहू ज़ोर-ज़ोर से रोने लगी और सीमा ने उसे अपने गले से लगा लिया।

“सॉरी बेटा, सारी ग़लती मेरी ही है, मुझे आपका ध्यान रखना चाहिए था... आज समझ में आया कि बण्टी बार-बार यहाँ आने के बहाने क्यों ढूँढ़ता रहता है।”

“मम्मा बण्टी भैया अब यहाँ कभी नहीं आएँगे न?”

“नहीं बेटा अब वो यहाँ कभी नहीं आएँगे, ये प्रॉमिस है आपकी मम्मा का आपसे।” ऐसा कहते ही सीमा ने कुहू का माथा चूम लिया। और ख़ुद से वादा किया की वो अब कुहु कि माँ के साथ-साथ उसकी दोस्त बनकर भी रहेगी जिससे कि अब कभी कुहु उससे कुछ भी कहने में संकोच न करे। आज कुहू न जाने कितने महीनों बाद ख़ुद को सुरक्षित महसूस कर रही है।

14

शातिर चोरनी

“चाय... चाय... चाय गरम, मसालेदार चाय; मेमसाब चाय!” चाय वाले की आवाज़ सुन मैंने अधखुली आँखों से देखा तो सामने एक चाय वाला मटमैले कपड़े पहने, हाथ में चाय की केतली और गिलास लिये खड़ा था।

“नहीं चाहिए चाय।”

“ले लीजिए न मेमसाब गरमागरम चाय है।”

“कहा न भैया नहीं चाहिए, क्यों दिमाग़ ख़राब कर रहे हो।” मेरे चाय वाले को लताड़ते ही वो मायूस होकर चला गया। मैंने थोड़ा-सा सिर ऊपर कर खिड़की से झाँकते हुए स्टेशन जानने की एक असफ़ल कोशिश की और बुदबुदाने लगी,

“पता नहीं कौन-सा स्टेशन है।”

“बहनजी अभी तो मुग़लसराय आया है, ट्रेन तीन घण्टे लेट है।” सामने वाली सीट पर बैठी हुई महिला ने शायद मेरा बुदबुदाना सुन लिया था।

“अभी तो न जाने कितना और लेट होगी; इस ट्रेन में यही एक दिक़्क़त है।” शायद वो महिला मुझसे बात करने के मूड में थी।

“जी अब कर भी क्या सकते हैं।” ऐसा कह मैं खिड़की से बाहर देखने लगी।

“वैसे जाना कहाँ हैं आपको।”

“जी कोलकाता।”

“ओहो! हम भी तो वहीं जा रहे हैं... आपके रिश्तेदार रहते हैं वहाँ?”

“जी नहीं मेरी सहेली है।” मैंने बेमन से जवाब दिया।

“मेरा तो मायका है, हर गर्मियों की छुट्टियों में वहाँ जाती हूँ।”

“जी।” मेरा बात करने का बिलकुल भी मूड नहीं था। मैं सबकुछ नज़रअंदाज़ करते हुए फिर से खिड़की से बाहर झाँकने लगी।

“आप अकेली जा रही हैं, आपके पति आपके साथ नहीं जा रहे?”

“जी नहीं, उनको छुट्टी नहीं मिली।” मेरे कहते ही,

“और आपके बच्चे?”

“जी उनके कॉलेज हैं।”

“ओह।” महिला ने मेरे अकेले जाने पर अफ़सोस ज़ाहिर किया।

कुछ देर में ट्रेन फिर से चलने लगी। मैं उठकर हाथ-मुँह धोने बाथरूम की तरफ़ चली गयी। जब वापिस आयी तो सामने वाली सीट पर बैठी महिला के बच्चे मेरी सीट पर क़ब्ज़ा कर चुके थे।

“बेटा आण्टी को बैठने दो, तुम दोनों मेरे पास आ जाओ; माफ़ करना बहनजी बच्चे हैं।”

“जी कोई बात नहीं।” मैंने बात ख़त्म करने के इरादे से कहा,

“वैसे आपके पति काम क्या करते हैं” उस महिला ने पूछा।

“जी उनकी कपड़ों की दुकान है।”

“हाँ फिर तो कैसे आ सकते थे दुकान बंद करके... कोई बात नहीं, कोई भी दिक्कत हो तो आप मेरे मायके आ जाना, मैं वहाँ का पता आपको बता देती हूँ।”

“इसकी कोई ज़रूरत नहीं पड़ेगी, मैं तो केवल दो दिन के लिये आयी हूँ शादी में।”

“जैसी आपकी मर्ज़ी, वैसे शादी किसकी है?”

“मेरी दोस्त के बेटे की।”

“अगर आप मेरे मायके आतीं तो मैं अपनी माँ के हाथ के बने पकौड़े ज़रूर खिलवाती आपको।”

“जी धन्यवाद।” कुछ तो थकान की वजह से और कुछ उस महिला की वजह से मेरा सिर दर्द से फटा जा रहा था... लेकिन वो थी कि चुप होने का नाम ही नहीं ले रही थी... दूसरी ओर उसके बच्चों की चिक-चिक... अब तो ग़ुस्सा आने लगा था।

ट्रेन फिर से रुकी। इस बार भभुआ रोड स्टेशन आया था। यहाँ तो ट्रेन मात्र दो मिनट ही रुकती है। भूख लग रही थी... कुछ खाने का सामान भी नहीं था साथ में।

“बहनजी भेल लीजिए न, बच्चों के लिए लायी थी, आप भी लीजिए।”

“जी नहीं भूख नहीं है।” मैंने झूठ बोल दिया।

“अरे ऐसे कैसे आपने तो सुबह से कुछ नहीं खाया।” इतने में ही एक चाय वाला वहाँ आ गया,

“भैया चाय देना और साथ में बिस्कुट भी।”

“मेमसाब बिस्कुट तो नहीं हैं।”

“अच्छा ठीक है चाय तो दो।” चाय लेकर मैं पीने लगी।

“लीजिए बिस्कुट, कुछ खा लेंगी तो अच्छा लगेगा” सामने सीट पर बैठी महिला ने बिस्कुट मेरी तरफ़ बढ़ाते हुए कहा,

“जी नहीं रहने दीजिए।” उससे तो मना कर दिया लेकिन भूख से चक्कर आने लगे थे। लेकिन दूसरी तरफ डर भी था कि ज़माना ख़राब है किसी का भी विश्वास नहीं करना चाहिए। सिर में दर्द होने की वजह से मैंने चाय के साथ सिर दर्द की गोली लेना उचित समझा। सोचा दवाई लेकर सो जाऊँगी इसलिए मैं अपने बैग में दवाई ढूँढ़ने लगी।

“क्या हुआ बहनजी आप कुछ परेशान लग रही हैं।”

“जी कुछ नहीं।”

“अरे आप ये दवाई क्यों ले रही हैं, तबीयत तो ठीक है न आपकी?”

“जी बस थोड़ा सिर में दर्द था।” “आप दवाई लेकर सो जाइए, आराम मिलेगा।”

“जी धन्यवाद।” दवाई लेकर मैं लेट गयी लेकिन उस महिला की आवाज़ थी कि बंद होने का नाम ही नहीं ले रही थी। कभी कुछ तो कभी कुछ बोले ही जा रही थी, लेकिन दवाई के असर की वजह से थोड़ी देर बाद मुझे नींद आ गयी।

“बहनजी! बहनजी! उठिए धनबाद आने वाला है, उठकर कुछ खा लीजिए।” वो महिला मेरे सिर पर हाथ फेरती हुई मुझे उठा रही थी,

“वक़्त क्या हुआ है?” मैंने अपनी आँखें मसलते हुए पूछा,

“तीन बज रहे हैं, ट्रेन तक़रीबन चार घण्टे लेट चल रही है।”

“हे भगवान! इससे अच्छा तो मैं फ्लाइट से ही आ जाती” मैने थोड़ा ग़ुस्सा करते हुए कहा।

“फ्लाइट का तो कोई मुक़ाबला ही नहीं है बहनजी, लेकिन हर कोई तो नहीं आ सकता न”

“आप बिलकुल सही कह रही हैं, उठाने के लिये धन्यवाद।” “इसमें धन्यवाद किस बात का, धनबाद में ट्रेन दस मिनट के लिये रुकेगी... सोचा यहाँ पर आप कुछ खा लें इसलिए उठा दिया, वैसे अब आपका सिर दर्द कैसा है?”

“जी अब तो ठीक है।” इतने में ही धनबाद स्टेशन आ गया और मैं कुछ लेने के लिये ट्रेन से नीचे उतर गयी। चाय और दो समोसे लेने के बाद ट्रेन की तरफ वापिस आने लगी, लेकिन क़दम ख़ुद-बा-ख़ुद रुक गये और मैंने कुछ चॉकलेट भी ख़रीद ली,

“बच्चों एक तरफ़ बैठ जाओ आण्टी को कुछ खा लेने दो सुबह से भूखी है।”

“बच्चों ये चॉकलेट आप लोगों के लिए।” मैंने चॉकलेट बच्चो की तरफ बढ़ाते हुए कहा,

“बहनजी इसकी क्या ज़रूरत थी।”

“जी बस मन हुआ इसलिए ले आयी आप भी लीजिए न समोसा, गरम है।”

"नहीं आप खाइए, मैंने तो खाना खा लिया।" ज़्यादा कुछ बात ना करते हुए मैं समोसा खाने लगी क्योंकि अब तो भूख बर्दाश्त ही नहीं हो रही थी।

"आप पहली बार ट्रेन में सफर कर रही हैं?"

"जी, लेकिन आपको कैसे पता चला?" मैने चाय की चुस्की लेते हुए पूछा।

"आपको देखकर... कल जब अजमेर से ट्रेन रवाना हुई थी तबसे देख रही हूँ, ऐसा लग रहा है आपका बिलकुल भी मन नहीं था इस ट्रेन में सफर करने का; कल तो आपने कुछ बात भी नहीं की, मैंने भी कुछ नहीं बोला यह सोचकर कि आपको बुरा न लगे" महिला ने मुस्कुराते हुए कहा।

"दरअसल मैंने कभी ट्रेन में सफ़र ही नहीं किया है, मेरे सारे रिश्तेदार और फ्रेण्ड्स अजमेर में रहते हैं, यही एक सहेली है जो कोलकाता में है" मेरे कहते ही,

"फिर तो आपको फ़्लाइट से ही आना चाहिए था।"

"मेरे पति ने तो कहा भी था लेकिन मैने ही ट्रेन से जाने की ज़िद की, सोचा ट्रेन में बैठने का भी अनुभव होना चाहिए।" ना जाने क्यों मुझे अब उस महिला से बात करना अच्छा लग रहा था।

"बिलकुल सही कहा आपने, मैं तो हर साल आती हूँ यहाँ, इसलिए मुझे तो अच्छा अनुभव है।" इसके बाद तो बातों का सिलसिला ऐसा शुरू हुआ कि रुकने का नाम ही नहीं लिया। कभी घर-गृहस्थी की बातें, कभी सासों की बुराई, तो कभी पतियों की बुराई... हमारी बातें थीं कि रुकने का नाम ही नहीं ले रही थीं। कुछ देर पहले जो महिला मुझे बिलकुल भी अच्छी नहीं लग रही थी, वो अब मेरी दोस्त बन गयी थी। अजीब होता है यह ट्रेन का सफ़र, जिनको हम जानते भी नहीं, अपने से लगने लगते हैं।

"अरे देखो सियालदह स्टेशन आ गया।" मैंने ख़ुश होते हुए कहा।

"जी बहनजी अब तो आपको अच्छा लग रहा होगा।" महिला के पूछने पर मैने भी मुस्कुराते हुए हाँ में गर्दन हिलायी और हम दोनों ही अपना-अपना सामान ट्रेन से उतारने लगे।

"लाइए बहनजी मैं आपकी मदद करती हूँ।"

“अरे नहीं रहने दीजिए आपके साथ तो बच्चे भी हैं आप उन्हें सँभालिए।” इतने में ही मेरी सहेली शिखा और उसके पति राजन मुझे लेने आ गये,

“वो देखो मेरी सहेली भी आ गयी, आप फ़िक्र मत कीजिए अब मैं चली जाऊँगी।”

“हैलो जी क्या हाल-चाल हैं आपके, शादी में आने के लिये आपका बहुत-बहुत धन्यवाद।” मेरी सहेली ने मुझे गले लगाते हुए कहा।

“धन्यवाद किस बात का दे रही हैं, तेरा बेटा मेरा कुछ नहीं लगता हैं क्या।”

“अच्छा बाबा माफ़ कर दे और घर चल, वहाँ सब तेरा बेसब्री से इंतज़ार कर रहे हैं।”

“हाँ चलती हूँ... लेकिन मेरी अटैची कहाँ है।” मैने इधर-उधर ढूँढ़ते हुए कहा। “कैसी थी देखने में?” “लाल रंग की थी ट्रॉली वाली।” मेरे स्वर में घबराहट थी।

“बहनजी जैसी अटैची आप बता रही हैं वैसी तो मैने उस महिला के पास देखी थी जो ट्रेन में आपके साथ बैठी थी।” वहाँ खड़े एक व्यक्ति ने कहा।

“क्या! आपको पूरा यक़ीन है?” मैने पूछा, “जी, मुझे लगा वो उसी महिला की अटैची है इसलिए कुछ कहा नहीं।”

“हे भगवान उसमें तो मेरा सारा क़ीमती सामान था।” मैं अपना सिर पकड़कर वहीं बैठ गयी।

“आरती तू चिंता मत कर हम पुलिस में रिपोर्ट लिखवाने चलते हैं, पुलिस ज़रूर हमारी मदद करेगी।” राजन ने मुझे सँभालते हुए कहा। “लेकिन राजन वो महिला तो देखने में भले घर की ही लग रही थी, हो सकता है ग़लती से ले गयी हो।” “हाँ लेकिन हमें पुलिस की मदद तो लेनी ही पड़ेगी न, नहीं तो इतने बड़े शहर में उसे कहाँ ढूँढ़ेंगे।” शिखा के समझाने पर मैं उन दोनों के साथ पुलिस-स्टेशन की ओर चल दी।

“नमस्कार इंस्पेक्टर साहब, मेरा नाम राजन है।”

“जी कहिए हम आपकी क्या मदद कर सकते है?” पुलिस इंस्पेक्टर के

पूछते ही मैं अपने आप को नहीं रोक पायी।

"इंस्पेक्टर साहब एक महिला जो मेरे साथ ही सफ़र कर रही थी वो अपने साथ मेरी अटैची ले गयी है, देखने में तो भले घर की लग रही थी, मुझे लगता हैं वो ग़लती से ले गयी; आप उस महिला को ढूँढ़ने में हमारी मदद कीजिए।"

"तू बैठ जा राजन बात कर रहे हैं न" शिखा ने मुझे सँभालते हुए कहा।

"उनका कुछ नाम या हुलिया बता सकते हैं आप?"

"जी नाम तो मैंने पूछा ही नहीं।"

"और हुलिया?" जो हुलिया मैंने पुलिस इंस्पेक्टर को बताया उसे सुन वो चौंक गये और एक फोटो मुझे दिखाते हुए बोले, "क्या वो देखने में ऐसी लगती थी?"

"जी बिलकुल ये तो उसी महिला की फोटो है लेकिन ये फोटो यहाँ कैसे?" मैने अचम्भित होते हुए पूछा।

"यह एक नामी चोर है, इसका नाम सुनहरी है; ट्रेन में लोगों को लूटना ही इसका काम है, इससे पहले भी इसकी कई शिकायतें आ चुकी हैं लेकिन यह इतनी शातिर है कि आज तक पुलिस इसको पकड़ने में नाकामयाब ही रही है"

"लेकिन इंस्पेक्टर साहब इसके साथ तो बच्चे भी थे।"

"हाँ इनका एक पूरा गैंग है जिसमें यह लोग बच्चों से भी काम करवाते हैं। यह महिला हर बार बच्चे अपने साथ रखती है जिससे कि कोई भी उस पर शक न कर सके।" "इसका मतलब आरती का सामान अब कभी नहीं मिलेगा?" राजन के स्वर में चिंता थी।

"अगर आप लोगों की किस्मत अच्छी हुई तो मिल भी सकता हैं, पुलिस तो अपनी तरफ़ से पूरी कोशिश करेगी ही, आप तो बस रिपोर्ट लिखवा दीजिए और आपकी जब भी ज़रूरत होगी आपको बुलवाया जाएगा।" और रिपोर्ट लिखवाने के बाद हम तीनों घर आ गये

"तू बिलकुल भी फ़िक्र मत कर सब सही हो जाएगा, मुझे पूरा विश्वास है पुलिस तेरा सामान भी ढूँढ़ लेगी और उस महिला को भी।" शिखा ने मुझे ढाँढ़स देते हुए कहा। मैने भी मुस्कुराकर उसकी बात का समर्थन किया, क्योंकि मैं

उसके घर में जो शादी का माहौल था उसे ख़राब नहीं करना चाहती थी। लेकिन अब मेरा विश्वास दुनियादारी से पूरी तरह से उठ चुका था... शायद ऐसी घटनाएँ ही हमें भले लोगों को भी शक की नज़र से देखने पर मजबूर कर देती हैं।

15

अधूरा इश्क़

शादी के बाद आज टीना की उसके ससुराल में पहली रसोई है। उसने सास के कहने पर सूजी का हलुवा बनाना शुरू ही किया था कि उसका मोबाइल बजने लगा। फोन किसी अननोन नम्बर से था जिसे उस वक़्त तो टीना ने नज़रअंदाज़ कर दिया लेकिन कुछ देर बाद फिर से उस नम्बर से फोन आने लगा।

"टीना देखो तुम्हारा फोन बज रहा है, पहले बात कर लो हलुवा थोड़ी देर में बना लेना।" रसोई के बाहर बैठी टीना की सास ने कहा।

"पता नहीं मम्मी जी किसी अननोन नम्बर से फोन है, दुबारा आएगा तो उठा लूँगी।" ऐसा कहते हुए टीना ने हलुवा बनाना ज़ारी रखा। कुछ देर बाद फिर से फोन की घंटी बजी। इस बार टीना ने फोन उठा लिया।

"हैलो!"

"हैलो टीना, मैं आदित्य बोल रहा हूँ।" आदित्य का नाम सुनते ही टीना के माथे पर पसीना आ गया और उसने घबराकर तुरन्त फोन स्विच-ऑफ कर दिया।

आदित्य, टीना का पहला प्यार है लेकिन हालात ने उन्हें मिलने नहीं दिया और उनका प्यार अधूरा ही रह गया। यह बात पाँच साल पुरानी है, जब टीना फ़र्स्ट ईयर साइंस में पढ़ती थी। उस समय टीना की दोस्ती उसी की क्लास में पढ़ने वाले आदित्य से हो गयी और धीरे-धीरे ये दोस्ती प्यार में बदल गयी और अब ये प्यार में इस कदर डूब चुके थे कि इन्हें एक-दूसरे के अलावा कोई और

दिखाई ही नहीं देता था। घण्टों बैठकर एक दूसरे से न जाने क्या बात करते रहते। इनके कॉलेज के दोस्त अब इन्हें लव-बर्ड्स कहकर चिढ़ाने लगे, लेकिन इन्हें इस बात से कोई फ़र्क़ ही नहीं पड़ता था। कॉलेज ख़त्म होने के बाद भी दोनों ने मास्टर्स की पढ़ाई के लिये एक ही यूनिवर्सिटी में और एक ही क्लास में एडमिशन लिया जिससे कि वो दोनों साथ वक़्त गुज़ार सकें। यहाँ भी दोनों के प्यार के चर्चे जगज़ाहिर हो गये... लेकिन इस बार इनके बारे में इनके घरवालों को भी पता चल गया।

"आज से बंद करो टीना का पढ़ने जाना और तुरन्त कोई लड़का देखकर इसकी शादी कर दो।" टीना के बड़े भाई रोहित ने जैसे ही कहा।

"मैं किसी और से शादी नहीं करूँगी, आदित्य से प्यार करती हूँ और उसी से शादी करूँगी"

"चुपकर बेशर्म ज़ुबान चलाती है! सही तो कह रहा है तेरा भाई और मैं पूछती हूँ कि कॉलेज तू पढ़ने जाती थी या नैन मटकाने।"

"मम्मी ये कैसी बात कर रही हो और प्यार करना कोई गुनाह है क्या।"

"देख टीना, यह सब बातें मैं नहीं समझती, बस आज से तेरी आगे की पढ़ाई बंद।" इतना सुनते ही टीना की आँखों में आँसू आ गये।

"आप सही कह रही हैं मम्मी, मैं आज से ही इसके लिए लड़का देखना शुरू करता हूँ।" रोहित के कहते ही टीना को बहुत तेज़ गुस्सा आ गया।

"आप कौन होते हो मेरे लिए लड़का देखने वाले।"

"तेरा बड़ा भाई है ये, आज अगर तेरे पापा ज़िंदा होते तो वो ये ज़िम्मेदारी निभाते, लेकिन अच्छा ही है जो चले गये, अगर उन्हें तेरी इस करतूत के बारे में पता चलता तो शायद शर्म से ही मर जाते।"

"ये कैसी बात कर रही हो मम्मी, पापा मेरी इस हरकत पर शर्मिंदा नहीं होते बल्कि वो तो मेरा साथ देते, पापा मुझसे बहुत प्यार करते थे।"

"हाँ टीना तेरे पापा तुझसे बहुत प्यार करते थे, लेकिन ग़लत का साथ वो कभी नहीं देते।" आज टीना एक लम्बे अर्से के बाद अपने पापा को याद कर बहुत रोयी टीना जब दसवीं में थी तो उसके पापा की रोड एक्सीडेण्ट में मौत हो

गयी, उसके बाद घर की सारी ज़िम्मेदारी उसके बड़े भाई रोहित पर आ गयी।

एम.एस.सी. प्रीवियस के बाद ही टीना की पढ़ाई छुड़वा दी गयी और टीना और आदित्य के मिलने पर पूरी तरह से बैन लगा दिया गया। इसके बावजूद एक दो बार आदित्य, टीना के यहाँ रोहित से बात करने आया लेकिन उसकी बात सुनना तो दूर रोहित ने उसे बुरी तरह से बेइज़्ज़त किया सो अलग।

''भैया आप समझने की कोशिश क्यों नहीं कर रहे हैं, आख़िर क्या ख़राबी है मुझमें जो आप अपनी बहन का हाथ मेरे हाथ में नहीं देना चाहते?'' आदित्य ने रोहित को समझाने की बहुत कोशिश की लेकिन वो तो जैसे मानने को तैयार ही नहीं था और टीना को सबसे ज्यादा दुःख इस बात का भी था कि उसकी माँ भी उसकी भावनाओं को समझ नहीं पा रही थीं।

अब आए दिन टीना को देखने के लिये लड़के आने लगे और टीना उनके आगे बस बुत बनकर बैठ जाती... न कुछ कहती और न ही उसे कुछ सुनाई देता; क्योंकि अपने प्यार को पाने के लिए जितना संघर्ष वो कर सकती थी उसने किया, लेकिन अब उसमें हिम्मत नहीं थी। यही कारण था कि उसने अपने आप को हालात के भरोसे छोड़ दिया और इसी दौरान एक लड़के ने टीना को पसन्द कर लिया। टीना की मर्ज़ी जानने की उसके माँ और भाई ने ज़रूरत तक नहीं समझी और शादी की तारीख तय कर दी गयी। अब टीना एक ज़िंदा लाश बन चुकी थी। शादी होने तक किसी भी रस्मो-रिवाज में उसको कोई दिलचस्पी नहीं थी, बस वो तो अपनी माँ और भाई की आज्ञा का पालन कर रही थी।

अपनी पहली रसोई बनाकर जब टीना ने अपना फोन चालू किया तो उसमें आदित्य के ढेरों मैसेज थे किसी में आई लव यू तो किसी में आई.मिस.यू तो किसी में मिलने की इच्छा जताई गयी। लेकिन उसने सभी मैसेज उसी वक़्त डिलीट कर अपना सिम कार्ड तोड़कर डस्टबिन में फेक दिया।

16

किडनैपर नौकरानी

सुबह उठकर तैयार होना, नाश्ता बनाना, घर की साफ़-सफाई और छह महीने की जुही के भी तो सारे काम करने पड़ते थे सोनिया को। इसके अलावा ऑफ़िस जाते वक़्त जुही को क्रेच में छोड़ना और घर आते वक़्त साथ लेकर आना... पूरा दिन कैसे भागमभाग में गुज़र जाता पता ही नहीं चलता था। मनीष भी तो समय नहीं निकाल पाता था। सुबह जल्दी ऑफ़िस के लिये निकलना और शाम को आते हुए अक्सर नौ-साढ़े नौ बज जाया करते थे, शरीर में इतनी ताक़त भी नहीं बचती थी कि दो पल बैठकर जुही के साथ खेल ले। सोनिया भी उससे ज़्यादा कुछ नहीं कहती थी, अगर कोई मजबूरी हो तभी मदद माँगती थी। लेकिन ऐसा कब तक चलता इसलिए, सोनिया ने सोचा क्यों न एक नौकरानी रख ले जो कि घर के सारे काम भी करेगी और दिन में जुही की देखभाल भी। यही बात सोच उसने अख़बार में इश्तेहार दे दिया।

कुछ दिनों बाद...

"सोनिया! देखो तुमसे कोई मिलने आया है।" ऑफ़िस के लिये निकलते वक़्त मनीष ने आवाज़ लगाकर कहा,

"क्या काम है?" गोद में जुही को लिये सोनिया ने सामने खड़ी महिला से पूछा,

"आपने नौकरानी के लिये अख़बार में इश्तेहार दिया था!"

"हाँ-हाँ याद आया, क्या नाम है तुम्हारा?"

"गौरी।"

“क्या-क्या काम कर लेती हो?”

“जी घर के सारे काम कर लेती हूँ।”

“और बच्चे को सँभालने का काम कर लेती हो?”

“तजुर्बा तो नहीं है। पर कर लूँगी।”

“तुम्हारे बच्चे नहीं हैं?”

“मेरी तो अभी शादी ही नहीं हुई है”

“ओह माफ़ करना मुझे लगा...”

“कोई बात नहीं... बचपन में ही माता- पिता के गुज़र जाने के बाद भाई-बहनों की देखभाल में कब उम्र ढल गयी पता ही नहीं चला।”

“महीने के कितने लोगी?”

“दस हज़ार।”

“क्या! दस हज़ार; यह तो बहुत ज़्यादा है।”

“नहीं मेमसाब, घर के सारे काम, बच्चे की देखभाल, इतना तो बनता है।”

“नहीं-नहीं पाँच हज़ार में करना है तो करो वरना मैं किसी और से बात कर लूँगी।”

“अच्छा ठीक है आठ हज़ार में कर लूँगी, लेकिन इससे एक पैसा कम नहीं करूँगी।”

“ठीक है तुम अपना पहचान-पत्र व फोटो लेकर कल आ जाना।”

“जी नमस्ते।” कह गौरी वापिस चली गयी।

शाम को। “मनीष मैंने कल से एक नौकरानी रखी है, उम्मीद करती हूँ तुम्हें कोई ऐतराज नहीं होगा।”

“नहीं सोनिया मुझे कोई ऐतराज नहीं है, लेकिन ज़माना बहुत ख़राब है। जिसको भी रखो सोच समझकर रखना।”

“हाँ तुम सही कह रहे हो, मैं इस बात का पूरा ध्यान रखूँगी”

अगले दिन सुबह। “नमस्ते मेमसाब! ये लीजिए मेरा पहचान-पत्र और फोटो।” गौरी ने दरवाज़ा खुला देख अन्दर आते हुए कहा,

“आ गयी तुम! इनसे मिलो यह मेरे पति हैं मनीष और मनीष ये गौरी है, आज से ही अपने घर में काम करेगी।”

“ठीक है” ऐसा बोल मनीष बिना गौरी की ओर देखे काम के लिये निकल गया, सोनिया भी गौरी को घर के काम समझाने लगी।

“गौरी मैंने आज ऑफ़िस से छुट्टी ली है, जिससे कि तुम्हें कोई परेशानी न हो।”

“मेमसाब आप चली जाइए मैं सँभाल लूँगी।”

“कोई बात नहीं कल से चली जाऊँगी।” पूरा दिन गौरी से बातों में उसके परिवार को जानने में और गौरी एवं जुही की दोस्ती करवाने में कैसे बीत गया पता ही नहीं चला। शाम को मनीष के घर आने के बाद

“मनीष मैंने गौरी को काम पर रख लिया है।”

“यह गौरी कौन है?” “अरे बाबा जो सुबह आयी थी; आठ हज़ार महीने के लेगी।”

“ओह मैं तो भूल ही गया था... देखो सोनिया घर का सारा क़ीमती सामान सँभालकर रखना और मैं तो कहता हूँ हमें घर में कैमरे लगवा लेने चाहिए जिससे कि पता रहे कि वो हमारे पीछे से क्या कर रही है।”

“विचार तो अच्छा है, कैमरे के डर से वो न तो कोई ग़लत काम कर पाएगी, न ही जुही के साथ कोई दुर्व्यवहार।”

“ठीक है मैं जल्द ही कैमरे लगवाने की कोशिश करता हूँ” अगले दिन से रोज़ सुबह गौरी का आना, पूरा दिन काम करना और शाम को वापिस चले जाना... एक दिनचर्या-सी बन गयी थी। शाम को जब सोनिया लैपटॉप पर देखती कि पूरा दिन घर पर क्या हुआ है तो गौरी के काम की क़ायल हो जाती जुही का तो वो इस कदर ध्यान रखती जैसे कि वही उसकी माँ हो। अब तो सोनिया पूरी तरह बेफ़िक्र हो चुकी थी। इसी प्रकार कब छह महीने गुज़र गए पता

ही नहीं चला।

“मनीष! जुही का जन्मदिन आने वाला है; क्यों न हम उस दिन पार्टी रखें, वैसे भी हमारी बिटिया का पहला जन्मदिन है”

“बिलकुल रखेंगे, मैं तो कहता हूँ हमें अभी से तैयारियाँ शुरू कर देनी चाहिए।” मनीष ने कहा,

“ठीक है मैं आज ही मेहमानों की लिस्ट बनाती हूँ और तुम भी कैटरिंग वाले से बात कर लेना।”

“हाँ ठीक है, फ़िलहाल तो मुझे ऑफ़िस जाने में देर हो रही है” ऐसा कहते ही मनीष तैयार होने के लिए अपने कमरे में चला गया।

“रानी बिटिया का जन्मदिन धूमधाम से मनाएँगे, मस्ती करेंगे।” सोनिया, जुही के साथ लाड़ लड़ाते हुए बोल रही थी,

“मेमसाब इस महँगाई के ज़माने में इतना ख़र्चा करने की क्या ज़रूरत है, जो क़रीब के रिश्तेदार हैं उनको ही बुला लेना।”

“गौरी तुम चिन्ता मत करो मनीष के पास बहुत पैसा है, अगर उसमें से कुछ ख़र्च हो जाएगा तो कुछ फ़र्क़ नहीं पड़ेगा।” सोनिया ने यह बात कह तो दी लेकिन उसको अंदाज़ा भी नहीं था कि उसको कितना बड़ा खामियाज़ा भुगतना पड़ सकता है।

“मनीष मैंने सभी मेहमानों को निमंत्रण भेज दिया हैं, तुमने कैटरिंग वाले से बात की?”

“हाँ, वो वक़्त पर आ जाएगा।” दो दिन बाद ही जुही का जन्मदिन था। ऐसा लग रहा था मानो जन्मदिन नहीं बल्कि किसी की शादी हो।

“गौरी परसों जुही का जन्मदिन है, सुबह जल्दी आ जाना और रात को जाने में देर हो सकती है सो यहीं रुक जाना।”

“जी मेमसाब कल तो आप दोनों छुट्टी पर है न क्योंकि जन्मदिन की तैयारियाँ भी तो करनी होगी?” गौरी ने पूछा,

“अरे नहीं, ऑफ़िस में बहुत काम है इसलिए जाना पड़ेगा, सोचा तो था छुट्टी लेने का पर सम्भव ही नहीं है।”

“और साहब...” “उसके पास तो मुझसे भी ज़्यादा काम है।”

“अच्छा मेमसाब अब मैं चलती हूँ कल वक़्त पर आ जाऊँगी।” गौरी के जाने के बाद सोनिया भी बाक़ी काम ख़त्म करने में लग गयी।

अगले दिन की शुरूआत भी बाक़ी दिनों जैसे ही हुई और शाम को सोनिया भी उसी वक़्त घर आयी जैसे कि प्रतिदिन आती थी... लेकिन जैसे ही घर के सामने पहुँची चौंक गयी।

“यह घर का दरवाज़ा क्यों खुला हुआ है?

गौरी! गौरी!” सोनिया घर में इधर-उधर घूमते हुए आवाज़ें लगाने लगी।

“क्या हुआ सोनिया?” कुछ देर बाद मनीष ने घर में घुसते हुए पूछा,

“मनीष! गौरी कहीं नज़र नहीं आ रही हैं, और जुही भी नहीं है, घर का दरवाज़ा भी खुला हुआ था।” सोनिया के स्वर में घबराहट थी।

“तुम गौरी को फोन लगाओ।”

“लगा रही हूँ स्विच-ऑफ़ आ रहा है, मुझे तो बहुत चिन्ता हो रही है।” सोनिया ने कहा।

“ऐसा करते हैं पास में जो पार्क है वहाँ चलकर देखते हैं।”

“लेकिन मनीष, गौरी इतनी लापरवाह कैसे हो सकती है, घर खुला छोड़कर ही चली गयी।”

“एक बार मिल जाने दो फिर बात करते हैं।” लेकिन गौरी और जुही दोनों ही पार्क में कहीं नहीं मिले। आस-पास लोगों से भी पूछताछ की, लेकिन कोई फ़ायदा नहीं हुआ।

“मनीष मुझे तो बहुत घबराहट हो रही है, अब हमें बिना देर किये पुलिस में इत्तला कर देनी चाहिए।” इतने में ही सोनिया के फोन की घंटी बजने लगी।

“अरे यह तो गौरी का फोन है।” ऐसा कहते ही सोनिया ने तुरन्त फोन उठा लिया।

“हैलो गौरी कहाँ हो तुम, हमें चिन्ता हो रही है और जुही तो ठीक है न?”

“मेमसाब पहले आप मेरी बात ध्यान से सुनिए... अगर आपको अपनी बेटी सही-सलामत चाहिए तो दस लाख रुपये तैयार रखना।”

“क्या! तुम्हारा दिमाग ख़राब हो गया है।”

“मेरा दिमाग़ तो ठिकाने पर ही है, ग़लती तो आपकी है जो किसी ग़ैर पर इतना विश्वास कर लिया; अब अपने पैसे वाले पति से कहो पैसों का इंतज़ाम करे और पुलिस को फोन करने की कोशिश की तो मुझसे बुरा कोई नहीं होगा।” ऐसा कह गौरी ने फोन रख दिया

“क्या हुआ सोनिया, गौरी क्या कह रही थी?” मनीष ने घबरायी हुई सोनिया से पूछा।

“मनीष उसने हमारी जुही का अपहरण कर लिया हैं”

“क्या?” “हाँ और वो अब दस लाख रुपए माँग रही हैं”

“मैं अभी पुलिस को फ़ोन करता हूँ।” ऐसा कह मनीष पुलिस को फ़ोन लगाने लगा,

“नहीं अगर हमने पुलिस को इत्तला की तो वो जुही को नुक़सान पहुँचा सकती है।” सोनिया ने मनीष के हाथों से मोबाइल छीनते हुए कहा,

“लेकिन अब हम करें क्या?”

“तुम दस लाख रुपयों का इंतज़ाम करो।”

“सोनिया इस वक़्त रुपयों का इंतज़ाम नहीं हो पाएगा।” मनीष अपना सिर पकड़कर बैठ गया।

“हे भगवान! किस मनहूस घड़ी में मैंने उसको काम पर रखने का फ़ैसला लिया था।”

“सोनिया अब पछताने से क्या होगा, मैंने तो पहले ही कहा था सोच-समझकर काम पर रखना।”

“रखा तो सोच-समझकर ही था, लेकिन शायद मेरे अतिविश्वास का उसने फ़ायदा उठा लिया।” सोनिया अपना सिर पकड़कर बैठ गयी।

ऐसे में मनीष ने अपने दोस्त अर्जुन की मदद लेना ही बेहतर समझा और

उसने तुरंत ही उसे फोन लगा दिया।

"हैलो अर्जुन!"

"मनीष कैसा है यार तू, सब ठीक तो है न!"

"नहीं यार कुछ भी ठीक नहीं हैं, तू इसी वक्त मेरे घर आ जा!" और कुछ समय पश्चात ही अर्जुन, मनीष के घर आ गया।

"क्या बात है दोस्त, सब ख़ैरियत तो है" अर्जुन के पूछते ही मनीष ने विस्तारपूर्वक सबकुछ बता दिया।

"मुझे लगता है कि हमें पुलिस की मदद लेनी चाहिए।"

"नहीं भैया अगर उसने मेरी जुही के साथ कुछ कर दिया तो।"

"नहीं भाभी आप बिलकुल भी मत घबराइए, पुलिस ऐसे लोगों को क़ाबू में करना जानती है हमें उन पर विश्वास रखना चाहिए।" ऐसा बोल मनीष व अर्जुन पुलिस स्टेशन के लिये रवाना हो गये।

"इंस्पेक्टर साहब, मेरी नौकरानी ने मेरी बेटी का अपहरण कर लिया है, आप उसे बचा लीजिए।"

"बैठो और पूरी बात बताओ क्या हुआ है।' इंस्पेक्टर के पूछने पर मनीष ने सबकुछ बता दिया।

"आपने पुलिस पर विश्वास किया है, फ़िक्र मत कीजिए, हम पूरी कोशिश करेंगे आपकी बेटी को सही-सलामत वापिस लाने की।"

"धन्यवाद इंस्पेक्टर साहब।"

"अगर आपके पास अपनी बेटी की कोई फोटो हो तो हमें दे दें और नौकरानी का पहचान-पत्र व फोटो तो आप पहले ही दे चुके हैं।"

"जी" ऐसा कह मनीष ने जुही का फोटो पुलिस-स्टेशन में दे दिया और ख़ुद इस उम्मीद के साथ घर वापिस आ गया कि पुलिस सबकुछ सम्भाल लेगी और मनीष की उम्मीद रंग लायी, और अगले दिन गौरी पुलिस हिरासत में थी और जुही अपने मम्मी-पापा के पास।

"इंस्पेक्टर साहब आपका यह एहसान में जिन्दगीभर नहीं भूलूँगी।"

सोनिया ने इंस्पेक्टर के सामने हाथ जोड़ते हुए कहा।

"इसमें धन्यवाद किस बात का, जनता की सेवा करना तो हमारा फ़र्ज़ है, बल्कि हमें तो ख़ुशी है कि आपने हमारा विश्वास किया, लेकिन एक बात और... क्या आप जानती हैं, गौरी ने जो पहचान-पत्र आपको दिया था वो नक़ली था।"

"आप ये क्या कह रहे हैं इंस्पेक्टर साहब।"

"जी हाँ, ऐसा तो होना ही था ऐसे लोग कभी भी अपना असली पहचान-पत्र नहीं देते हैं।"

"तो फिर कैसे पता चलेगा कि कौन नक़ली है और कौन असली।"

"देखिए वैसे तो आपने अपनी तरफ़ से पूरी सावधानी बरतने की कोशिश की- घर में कैमरे लगवाना, नौकरानी का फोटो व पहचान-पत्र माँगना आदि; लेकिन वो कुछ ज़्यादा ही चालाक थी... लेकिन भविष्य अगर आप कभी नौकर रखे तो उसका पुलिस वेरिफ़िकेशन भी करवा ले।"

"जी इंस्पेक्टर साहब आगे से हम ध्यान रखेंगे।" और कुछ औपचारिक बातों के पश्चात मनीष, सोनिया, जुही और अर्जुन घर के लिए रवाना हो गये।

"क्या हुआ सोनिया क्या सोच रही हो?" मनीष ने काफ़ी देर से शान्त बैठी सोनिया से पूछा।

"मनीष मैंने एक फ़ैसला लिया है, मैं अब नौकरी छोड़ दूँगी।"

"पहले घर चलते हैं फिर आराम से बैठकर बात करेंगे।" इसके बाद काफ़ी देर तक गाड़ी में खामोशी छायी रही, लेकिन ऐसा लग रहा था मानो सब ही के मन में कुछ न कुछ चल रहा है। कुछ ही देर में मनीष का घर आ गया।

"अच्छा यार अब मैं चलता हूँ, तू भाभी और जुही को सँभाल" अर्जुन के कहते ही मनीष ने उसे अपने गले से लगा लिया।

"धन्यवाद यार तूने मेरा साथ दिया, तेरा यह एहसान मैं कभी नहीं भूलूँगा।"

"पागल मत बन तेरे लिए तो मेरी जान भी हाज़िर है दोस्त।" ऐसा कह अर्जुन अपने घर के लिये रवाना हो गया और मनीष भी अन्दर सोनिया व जुही के पास आ गया और जुही को गोद में उठाकर प्यार करने लगा।

“मनीष मुझे तो अभी भी यक़ीन नहीं हो रहा कि गौरी ने हमें इतना बड़ा धोखा दिया है।”

“सोनिया मुझे माफ़ कर दो, अगर मैंने परिवार की ज़िम्मेदारी समझी होती तो ऐसा कुछ नहीं होता।”

“इसमें तुम्हारी कोई ग़लती नहीं हैं मनीष।”

“घर के काम और जुही की परवरिश सिर्फ़ तुम्हारी ही ज़िम्मेदारी नहीं है, मुझे भी इसमें तुम्हारा हाथ बँटाना चाहिए था। सोनिया मैं आज तुम से वादा करता हूँ कि घर और बाहर की ज़िम्मेदारियों को निभाने की पूरी-पूरी कोशिश करूँगा।”

“अब बस भी करो मनीष, तुमने तो अपनी बातों से मुझे भावुक कर दिया।” सोनिया के ऐसा कहते ही मनीष मुस्कुराने लगा।

“हे भगवान हम तो बातों में यही भूल गये जुही के जन्मदिन के लिये मेहमान आते ही होंगे।” सोनिया ने सामने दीवार पर टँगी घड़ी पर नज़र डालते हुए कहा।

“अरे मै तो तुम्हें बताना ही भूल गया, मैंने अर्जुन से फोन करवाकर सभी मेहमानों को आने से मना कर दिया था।”

“लेकिन अब पार्टी का क्या होगा?”

“पार्टी... वो तो होगी, जिसमें केवल हम और हमारी बेटी ही होंगे, क्यों जुही बेटा सही कहा न पापा ने।” मनीष ने जुही को चूमते हुए कहा, और फिर सोनिया व मनीष दोनों ही गाने लगे,

“हैप्पी बर्थडे टू जुही”।

17

इण्टरनेट लव

“अंजलि! अंजलि बेटा, डिनर के लिये आ जाओ।” शीतल के आवाज़ लगाते ही,

“आयी मम्मी बस पाँच मिनट में।”

“ये लड़की भी न, कभी इसके पाँच मिनट ख़त्म ही नहीं होते, न जाने हर वक़्त लैपटॉप पर क्या करती रहती है; आप क्यों नहीं पूछते उससे इस बारे में कुछ।” शीतल द्वारा अपने पति यशवंत से कहते ही,

“तुम उसकी माँ हो और पूरा वक़्त घर पर भी रहती हो, यह देखना तुम्हारी ज़िम्मेदारी है कि वो क्या करती है”

“यह अच्छा तरीक़ा है अपनी ज़िम्मेदारियों से पीछा छुड़ाने का... लेकिन यशवंत, अंजलि केवल मेरी बेटी नहीं तुम्हारी भी है, तो जितनी ज़िम्मेदारी वो मेरी है तुम्हारी भी है।” इतने में अंजलि भी वहाँ आ गयी।

“किस बात पर बहस हो रही है?”

“अंजलि बेटा तुमसे एक बात करनी थी।”

“हाँ बोलिए न पापा।”

“ये तुम हर वक़्त लैपटॉप पर क्या करती रहती हो?”

“कुछ ख़ास नहीं पापा, बस अभी कुछ दिन पहले इण्टरनेट पर एक दोस्त बना है, उसी के साथ चैटिंग करती हूँ।”

“दोस्त कैसा दोस्त, और तूने मेरे पूछने पर यह क्यों नहीं बताया?”

“ओ मम्मी आप तो छोटी-छोटी बातों का बुरा मान जाती हो; आपको इस बारे में कुछ भी समझ नहीं आता इसलिए नहीं बताया।”

“क्या समझ नहीं आता मुझे?”

“आपको इण्टरनेट पर चैटिंग के बारे में क्या जानकारी है?”

“मानती हूँ मैं नहीं समझती इन सब बातों के बारे में, लेकिन इतनी बेवक़ूफ़ भी नहीं हूँ कि कोई समझाए और समझ न पाऊँ।” शीतल के कहते ही,

“अब बस भी करो इस बारे में बात करना और अंजलि बेटा तुम इण्टरनेट पर चैटिंग थोड़ी कम किया करो, आजकल ज़माना बहुत ख़राब है, हम यूँ यकायक ही किसी का विश्वास नहीं कर सकते।” यशवंत ने माँ-बेटी की बहस से परेशान होकर कहा और वहाँ से चले गये।

यशवंत द्वारा अंजलि को सतर्क किये जाने के बाद कुछ दिनों तक तो अंजलि ने लैपटॉप से दूरी बनाए रखी, लेकिन फिर उसकी चैटिंग का सिलसिला शुरू हो गया।

“अंजलि तुम फिर से आजकल लैपटॉप पर ज़्यादा वक़्त बिताने लगी हो, लगता है अपने पापा की कही बात भूल गयी हो।”

“नहीं मम्मी ऐसी कोई बात नहीं है, बल्कि जिससे मैं चैटिंग करती हूँ वो मेरा बहुत ही अच्छा दोस्त है।”

“कौन है ये दोस्त क्या मैं जान सकती हूँ?”

“अर्जुन, अर्जुन नाम है उसका; इण्टरनेट पर ही वो मेरा दोस्त बना है, मम्मी यक़ीन कीजिए वो बहुत अच्छा है।”

“क्या तुम मिली हो कभी उससे?”

“नहीं मिली तो नहीं कभी, लेकिन नेट पर बात रोज़ाना होती है।”

“किसी को बिना देखे, बिना उससे मिले, तुम कैसे फ़ैसला कर सकती हो कि वो अच्छा है।”

“मम्मी पिछले कई महीनों से वो मेरा इण्टरनेट फ्रेण्ड है, और मैं इतनी बेवक़ूफ भी नहीं हूँ कि किसी इंसान की पहचान न कर सकूँ।” अंजलि के कहते ही,

“देखो अंजलि समय बहुत ख़राब हैं, आये-दिन हम अख़बार में न जाने कैसी-कैसी खबरें पढ़ते रहते हैं जैसे कि लड़कियों को बहला-फुसलाकर धोखा देने की; तुम समझ रही हो न मैं क्या कहना चाहती हूँ।”

“हाँ मम्मी मैं सब समझ रही हूँ, आप बेकार में ही चिन्ता कर रही हैं, बल्कि मुझे तो पूरा यक़ीन है कि आप जब भी अर्जुन से मिलोगी उसकी क़ायल हो जाओगी।” शीतल समझ चुकी थी कि अंजलि को अब कुछ भी समझाने का फ़ायदा नहीं है। उसने इस बारे में यशवंत से बात करने का सोचा, लेकिन यशवंत एक महीने के लिये अपनी कम्पनी की ओर से टूर पर गया हुआ था और शीतल द्वारा उसका इंतज़ार करना मजबूरी हो गयी थी।

कुछ दिनों बाद एक दिन जब शाम तक भी अंजलि कॉलेज से घर वापिस नहीं लौटी तो शीतल को उसकी चिन्ता होने लगी। उसने अंजलि को फोन भी किया लेकिन वो भी नॉट रीचेबल आ रहा था, क्या करे, क्या न करे बस इसी कशमकश थी वो कि यकायक ख्याल आया कि क्यों ना अंजलि की फ्रैंड्स को फ़ोन करके पूछे ज़रूर उन्हें तो कुछ न कुछ पता ही होगा, लेकिन जैसे ही शीतल ने अंजलि की फ्रेण्ड्स को फ़ोन किया तो पता चला कि वो तो आज कॉलेज आयी ही नहीं, बस ये सुनते ही शीतल के पैरों तले ज़मीन खिसक गयी। यशवंत से भी कुछ नहीं कह सकती थी, क्योंकि दूर बैठे यशवंत को चिन्ता हो जाती। कुछ समझ नहीं आ रहा था कि कैसे ढूँढ़े वो अंजलि को, किससे मदद माँगे वो इस बारे में सोच ही रही थी कि इतने में ही डोर बेल बज गयी। शीतल ने जैसे ही दरवाज़ा खोला सामने अंजलि खड़ी थी, लेकिन वो अकेली नहीं उसके साथ एक लड़का भी था।”

“कहाँ थी तू सुबह से और आज कॉलेज क्यों नहीं गयी और ये कौन है?” शीतल ने अंजलि के आते ही उसके ऊपर सवालों की बौछार कर दी,

“बस मम्मी बस करो और कितने सवाल पूछोगी, अच्छा इससे मिलो; मैंने आपको बताया था न मेरे इण्टरनेट फ्रेण्ड के बारे में, ये वही हैं अर्जुन नाम हैं इसका”

“नमस्ते आंटी”

“नमस्ते” शीतल ने अर्जुन की ओर अजीब-सी नज़रों से देखते हुए कहा,

“मम्मी आप जानती हैं अर्जुन कितना दिलचस्प इंसान है।”

“हाँ-हाँ ठीक है पहले तू मेरे साथ अन्दर चल मुझे तुझसे कुछ ज़रूरी बात करनी है।” ऐसा कहते हुए शीतल, अंजलि को ज़बरदस्ती हाथ पकड़कर घर में अन्दर की ओर ले गयी,

“ये क्या कर रही हो मम्मी?”

“तू बता तू क्या कर रही है और इसे घर क्यों लेकर आयी और पूरा दिन कहाँ थी? जानती भी है मुझे कितनी चिन्ता हो रही थी।”

“बस मम्मी बस करो और कितने सवाल पूछोगी। मैं आज पूरा दिन अर्जुन के साथ थी और आपको इसलिए नहीं बताया क्यों कि मैं आपको सरप्राइज देना चाहती थी।”

“सरप्राइज? कैसा सरप्राइज।”

“मम्मी मैंने और अर्जुन ने शादी करने का फ़ैसला किया है।”

“क्या शादी अर्जुन से, तेरा दिमाग़ तो ख़राब नहीं हो गया है।”

“क्या ख़राबी है मम्मी अर्जुन में?”

“हम जानते क्या हैं उसके बारे में, उसका घर-परिवार, रहन-सहन कुछ भी नहीं पता हमें और ऐसे इण्टरनेट पर मिलकर शादियाँ होती हैं क्या।”

“मम्मी किस ज़माने में रहती हो आप, आजकल यह सब होता है, और वैसे भी कितने महीनों से मैं अर्जुन के साथ चैटिंग कर रही हूँ, वो दूसरे लोगों जैसा नहीं है, बहुत अच्छा हैं” शीतल समझ चुकी थी कि अंजलि की ज़िद के आगे उसकी एक भी नहीं चलने वाली।

“ठीक है तो फिर तेरे पापा को आ जाने दे फिर इस बारे में बात करते हैं; लेकिन अभी उस लड़के को जाने के लिये कह दे।” शीतल ने उस वक़्त तो इस मामले को टालने के इरादे से कह दिया लेकिन चिन्ता की लकीरें उसके चेहरे पर साफ़ झलक रहीं थीं। अब वो बेसब्री से यशवंत के आने का इंतज़ार करने लगी।

कुछ दिनो बाद यशवंत के वापिस आने पर जैसे ही शीतल ने उसे सारी बातों से अवगत कराया तो वो भी अंजलि को लेकर चिंतित हो गया। उसने अंजलि को अपने पास बुलाकर काफी समझाने की कोशिश की, लेकिन वो जैसे अर्जुन से शादी करने की ज़िद छोड़ने को तैयार ही नहीं थी। यशवंत और शीतल को अंजलि की ज़िद के आगे झुकना ही पड़ा, लेकिन इस दौरान यशवंत ने

अर्जुन के बारे में पूरी जानकारी निकालने की कोशिश की, लेकिन कोई ख़ास सफ़लता हासिल नहीं हो पायी। यह बात जब उन्होंने अंजलि को बताई तो अंजलि अपने पापा पर बरस पड़ी,

"पापा आपने शक किया मेरे अर्जुन पर, आप ऐसा कर कैसे सकते हैं।" इस बात पर बहुत बहस हुई, फिर हारकर उन्होंने अंजलि की शादी की तैयारियाँ करनी शुरू कर दी और कुछ दिनों बाद अंजलि शादी करके अपने ससुराल चली गयी।

वहाँ उसका स्वागत बहुत ही धूमधाम से किया गया। घर के सभी लोगों ने उसे एक पल के लिये भी यह एहसास नहीं होने दिया कि यह घर उसके लिए नया है, या उसका ससुराल है। अपने ससुरालवालों का व्यवहार देख अंजलि को अर्जुन से शादी करने के फ़ैसले पर गर्व महसूस हो रहा था। जब उसने फोन करके अपने ससुरालवालों के व्यवहार के बारे में यशवंत और शीतल को बताया तो उन्हें भी अंजलि के लिये बहुत ख़ुशी हुई और ख़ुद पर ग़ुस्सा भी आया क्योंकि उन्होंने अर्जुन को समझने में ग़लती जो की थी।

शादी के कुछ दिनों बाद अंजलि के देवर और नन्द ने जब उसे गिफ़्ट के रूप में नैनीताल में हनीमून के टिकट दिये तो उसकी ख़ुशी का कोई ठिकाना ही नहीं रहा।

"दीदी, इसकी क्या ज़रूरत थी।"

"क्यों भाभी, ज़रूरत क्यों नहीं थी, क्या आप हनीमून के लिये जाना नहीं चाहती?"

"नहीं दीदी ऐसी कोई बात नहीं हैं, चलो ऐसा करते हैं आप सब भी हमारे साथ चलो।"

"हम सब भी एक बार फिर से सोच लो भाभी, ऐसा न हो हमें ले जाने पर बाद में आपको पछतावा हो।"

"दीदी आप भी न" ऐसा कहते ही अंजलि शरमाकर वहाँ से चली गयी।

शाम को जब अर्जुन काम से लौटा और उसे नैनीताल जाने के बारे में पता चला तो

"अंजलि तुम खुश तो हो न यहाँ?"

“हाँ अर्जुन मैं बहुत ख़ुश हूँ, मैंने सपने में भी नहीं सोचा था कि मुझे इतना अच्छा परिवार मिलेगा, थैंक यू अर्जुन।” ऐसा कहते ही अंजलि, अर्जुन के गले से जा लगी।

“मैडम अगर अपने पति से इश्क़-विश्क हो गया हो तो नैनीताल जाने की तैयारियाँ शुरू कीजिए।”

दो दिन बाद ही अंजलि और अर्जुन को नैनीताल जाना था। अंजलि जाने के लिये बहुत ही एक्साइटेड थी। उसने बहुत ही ख़ुशी-ख़ुशी अपने जाने की तैयारी की... घर के सभी लोगों से उनके लिए कुछ न कुछ लेकर आने का वादा भी किया। घर के सभी लोगों ने अर्जुन व अंजलि को ख़ुशी-ख़ुशी नैनीताल जाने के लिये जब रवाना किया तो अपने लिए इतना प्यार देख उसकी आँखों में आँसू आ गये और वो अपने परिवार का ढेर सारा प्यार लेकर अर्जुन के साथ नैनीताल के लिये रवाना हो गयी।

जैसे ही वो दोनों नैनीताल के होटल में पहुँचे।

“अंजलि बहुत भूख लग रही है, मैं ऑर्डर दे देता हूँ, ऐसा करो तुम जब तक फ्रेश हो जाओ।”

“ठीक है मैं अभी फ्रेश होकर आती हूँ।” ऐसा कहते हुए अंजलि बाथरूम में चली गयी। लेकिन कुछ देर बाद जैसे ही वो बाथरूम से बाहर निकली, अर्जुन वहाँ से नदारद था। लेकिन उसकी जगह कमरे में चार लड़के बैठे हुए थे जिन्हें देख अंजलि बुरी तरह से घबरा गयी।

“कौन.... कौन हैं आप लोग और अर्जुन... कहाँ है अर्जुन, अर्जुन! अर्जुन!” कहते हुए अंजलि ज़ोर-ज़ोर से चिल्लाने लगी।

“किस अर्जुन को पुकार रही हैं मैडम, उसे जिसने आपको हमें बेच दिया।” यह सुनते ही अंजलि के पैरों तले ज़मीन खिसक गयी।

“यह क्या बक रहे हो तुम लोग; अर्जुन मेरा पति है, बाकायदा शादी की है उसने मुझसे।”

“तुम्हारी जैसी न जाने कितनी लड़कियों को इण्टरनेट पर बेवकूफ बनाकर शादी कर चुका है वो।” अंजलि उन लोगो की बातों को नज़रअंदाज़ करते हुए अर्जुन को फोन लगाने लगी लेकिन सामने से कोई जवाब नहीं था।

“मैडम टाइम वेस्ट मत कीजिए, चलिए हमारे साथ नहीं तो हमें आपके साथ ज़बरदस्ती करनी होगी।”

“तुम लोग कौन होते हो मेरे साथ ज़बरदस्ती करने वाले, मैं अभी अपनी ननद व देवर को फोन करती हूँ, वो ही तुम्हें सबक़ सिखाएँगे।”

“कौन-सी ननद, कौन-सा देवर मैडम, वो सब लोग आपस में मिले हुए हैं, पूरा गैंग हैं उनका; अब टाइम ख़राब मत कीजिए और चलिए हमारे साथ, पूरी क़ीमत चुकाई है हमने आपकी।” इतना सुनते ही अंजलि आपे से बाहर हो गयी,

“बकवास बंद करो तुम लोग अपनी, मेरा अर्जुन मेरे साथ कभी भी इतना बड़ा विश्वासघात नहीं कर सकता।” अंजलि को उन लोगों की कही बात पर विश्वास ही नहीं हो रहा था।

“ऐसे नहीं मानेगी ये, ज़बरदस्ती उठाकर ले चलो इसे।” उनमें से एक आदमी के ऐसा कहते ही अंजलि बाहर की ओर दौड़ी और बचाओ बचाओ चिल्लाते हुए रिसेप्शन की ओर जाने लगी। अंजलि के इस तरह से अचानक कमरे से बाहर निकलते ही वो चारों लोग सकपका गये। अंजलि के पीछे भागना उनके लिए ख़तरे से ख़ाली नहीं था इसलिए वो किसी दूसरे रास्ते से भाग गये और जब रिसेप्शन पर अंजलि ने मदद की गुहार की तो उन्होंने उसकी पूरी-पूरी मदद करने की कोशिश की। अंजलि के कहने पर फोन करके यशवंत व शीतल को वहाँ बुलवा लिया गया जब तक वो लोग आ नहीं गये। होटल वालों ने अंजलि का पूरा ध्यान रखा। देर रात यशवंत व शीतल के आते ही।

“मुझे माफ़ कर दो पापा-मम्मी।” इतना कहते ही अंजलि यशवंत और शीतल के पैरों में गिरकर माफ़ी माँगने लगी।

“कोई बात नहीं बेटा हमें तो ऊपर वाले का शुक्रिया करना चाहिए, कुछ भी ज़्यादा बुरा नहीं हुआ।” यशवंत अब इस बारे में ज्यादा बात करके अंजलि को शर्मिंदा नहीं करना चाहता था।

18

बुरी संगति

"राहुल बेटा ये मोबाइल छोड़ो और नाश्ता कर लो।" अंजू द्वारा अपने बेटे को आवाज़ लगाते ही,

"मॉम, बस एक मिनिट में आया"

"नहीं बेटा मेरे पास इतना टाइम नहीं है, मुझे ऑफ़िस के लिये भी निकलना है।"

"तो ठीक है आप नाश्ता बनाकर रख दीजिए मैं बाद में कर लूँगा।"

"मेरी तो समझ में ही नहीं आता है कि तुम ये पूरा दिन मोबाइल पे करते क्या रहते हो और हाँ तुम्हारा कॉलेज़ कैसा चल रहा है?"

"ग्रेट मॉम" राहुल के जवाब देते ही

"अच्छा अब मैं निकलती हूँ, शाम को मिलते हैं और हाँ तुम नाश्ता करके कॉलेज़ चले जाना।"

"ओ.के. मॉम बाय।" राहुल ने बिना मोबाइल पर से नजरें हटाये कहा,

"ये बच्चे भी न, इनकी ज़िंदगी में माँ-बाप से ज़्यादा मोबाइल की अहम्मीयत हो गयी है। शाम को ऑफ़िस से वापिस आकर समझाती हूँ।" मन ही मन बड़बड़ाती हुई अंजू उस वक़्त तो ऑफ़िस के लिये निकल गयी।

राहुल, अंजु और राजेश का इकलौता बेटा है। शादी के पूरे दस साल बाद अंजू की गोद भरी थी बस इसी वजह से राहुल उसका लाडला और कुछ हद तक ज़िद्दी भी था। दूसरी ओर राजेश कई-कई महीनों तक टूर पर रहने की वजह से

घर में होने वाली हर बात से बेख़बर रहता। पिता का ध्यान न होने और माँ का लाडला होने की वजह से राहुल बिगड़ रहा था। उसके दोस्तों की संगति भी ख़ास अच्छी नहीं थी अंजू ने कई बार राहुल से कहा भी कि वो अपने बिगड़े हुए दोस्तों से मिलना-ज़ुलना छोड़ दे, लेकिन राहुल अपनी माँ की कही बात सुनकर भी अनसुना कर देता। माँ-बाप के ज़्यादा ध्यान न दे पाने और दोस्तों की संगति अच्छी न होने कि वजह से राहुल ग़लत राह पर निकल चुका था जिसका अंदाज़ा अंजू को होता तब तक बहुत देर हो चुकी थी।

एक दिन सुबह जब राहुल काफी देर तक सोकर नहीं उठा तो अंजू उसके कमरे में उसे उठाने गयी

''ये कमरे में बदबू कैसी? राहुल, राहुल उठो बेटा, जल्दी से कमरे से बाहर निकलो न जाने कैसी गंध फैली हुई है कमरे में, सेहत को नुक़सान होगा इससे।'' लेकिन उठना तो दूर राहुल हिलने को भी तैयार नहीं था।

''ये लड़का भी न ज़रूर रात को देर तक मोबाइल चलाता रहा होगा इसलिए उठने में इतनी आनाकानी कर रहा हैं, लेकिन ये बदबू कैसी।'' बड़बड़ाते हुए अंजु कमरे में फैली बदबू की वजह तलाशने लगी ही थी कि उसका पैर पलँग के नीचे रखी किसी चीज़ से जा टकराया, लेकिन जैसे ही अंजू ने पलँग के नीचे झाँककर देखा तो वहाँ का दृश्य देख उसकी आँखें फटी की फटी रह गयीं। पलंग के नीचे शराब की बोतलों का ढेर पड़ा हुआ था,

''राहुल, राहुल जल्दी उठो बेटा''

''क्या हुआ मॉम क्यों चिल्ला रही हो, सोने दो मुझे।''

''नहीं पहले उठकर मेरे सवालों का जवाब दो।''

''कैसे सवाल मॉम, बाद में पूछ लेना जो भी पूछना है।'' ऐसा कहते ही राहुल दूसरी ओर करवट लेकर सो गया। राहुल को उठाने में ख़ुद को नाकाम देख बिना वक़्त गँवाये अंजू ने जैसे ही गिलास भर पानी उसके ऊपर डाला,

''मॉम, ये क्या कर रही हो आप?''

''तुम बताओ कि तुम क्या कर रहे हो और ये पलँग के नीचे शराब की बोतलें कैसी, तुम शराब पीते हो?''

“क्या मॉम, ज़ाहिर सी बात है अगर मेरे पलँग के नीचे शराब की बोतलें रखी हैं तो शराब मैंने ही पी होगी न।”

“मैं अभी तुम्हारे पापा को फोन करती हूँ वही तुम्हें समझाएँगे”

“ओ कम ओन मॉम, इतनी-सी बात के लिये पापा को फोन करने की क्या ज़रूरत है।”

“शट-अप राहुल, बहुत बिगड़ गये हो तुम, लेकिन इसमें गलती मेरी ही है, और ये क्या तुम सिगरेट भी पीने लगे हो।” अंजू ने राहुल के कमरे के कोने में पड़े सिगरेट के टुकडों को देखते हुए कहा,

“हाँ मॉम कभी-कभार पी लेता हूँ।” राहुल के कहते ही,

“अब ये भी बता दो कि और क्या गंदी आदतें हैं तुम्हारे अंदर।”

“मॉम ये आदतें गंदी नही हैं, मेरे सभी दोस्त पीते हैं, कुछ तो ड्रग्स भी लेते हैं, लेकिन मैं नहीं लेता।”

“बहुत अच्छा करते हो जो तुम ड्रग्स नहीं लेते, लेकिन बेटा अब ये जो तुम्हारी शराब और सिगरेट पीने की आदत है वो भी छोड़ दो... बेटा इन चीजों से इंसान का शरीर ख़राब होता है, शराब से लिवर ख़राब हो जाता है, सिगरेट पीने से कैंसर जैसी जानलेवा बीमारी हो सकती है, तुम समझ रहे हो न कि मैं क्या कहना चाहती हूँ; बेटा मेरा यक़ीन करो मैं तुम्हारी दुश्मन नहीं हूँ, तुमसे बहुत प्यार करती हूँ।” राहुल को समझाते हुए यकायक ही अंजू की आँखों में आँसू आ गये,

“मॉम, अब आप मुझे सैंटी कर रही हैं।”

“हाँ कर रही हूँ सैंटी, तुम्हारी इन ग़लत आदतों को छुड़वानें के लिये मैं कुछ भी कर सकती हूँ।”

“ओ.के मॉम, आई प्रोमिस आज के बाद न मैं कभी शराब पियूँगा और न ही सिगरेट।” राहुल के कहते ही,

“आई बिलिव यू बेबी, लेकिन डर लगता है कि कहीं तुम अपने दोस्तों के कहने में न आ जाओ।”

“बस मॉम अब बंद भी करो ये टॉपिक, मैं आपसे वादा कर चुका हूँ कि

अपनी सभी ग़लत आदतें छोड़ दूँगा।'' राहुल की आवाज़ में चिड़चिड़ाहट साफ़ झलक रही थी।

''सॉरी बेबी मैं बहुत डर गयी थी... अच्छा अब ये बताओ कि नाश्ते में क्या करोगे?'' अंजू ने बात ख़त्म करने के इरादे से पूछा।

''जो भी प्यार से बनाओगी वो ही खा लूँगा मॉम, लेकिन कुछ बनाओ तो सही, भूख के मारे जान निकली जा रही हैं मेरी।''

''ओह सॉरी बेबी।'' और अंजू नाश्ता बनाने किचन में चली गयी।

अब सब कुछ सही चलने लगा था। राहुल ने अपनी सभी ख़राब आदतें छोड़ दी थी। अंजू भी कोशिश करती कि वो रोज़ कुछ समय राहुल के साथ गुज़ारे। इस दौरान राजेश भी कुछ हफ़्तों के लिये वापिस आया तो अंजु के कहने पर उसने भी राहुल को समझाने की कोशिश की और वो मान भी गया। धीरे-धीरे राजेश और अंजु राहुल की ओर से बेफ़िक्र होने लगे और यही बात बाद में उनके लिए ख़तरनाक साबित हुई। एक रात जब राहुल क़ाफी देर तक घर वापिस नहीं लौटा तो अंजू को उसकी चिन्ता होने लगी। उसने राहुल के सभी दोस्तों को फोन भी किया लेकिन किसी को भी उसके बारे कुछ नहीं पता था। राहुल का फोन भी स्विच-ऑफ़ बता रहा था। हड़बड़ाहट में अंजू ने राजेश को भी फोन कर सबकुछ बता दिया।

''अंजू तुम बिलकुल चिन्ता मत करो, हमारा बेटा बहुत समझदार है, थोड़ा इंतज़ार करो आ जाएगा वापिस।'' इंतज़ार करते-करते सुबह हो गयी लेकिन राहुल का कुछ अता-पता नहीं चला। अब अंजू के पास पुलिस में जाने के अलावा और कोई चारा नहीं बचा था, लेकिन पुलिस के पास जाने से पहले अंजू ने राजेश से बात करना उचित समझा

''अंजू तुम बिलकुल मत घबराओ, मैं अभी यहाँ से तुम्हारे पास आने के लिये निकलता हूँ। ऐसा करो तब तक तुम पुलिस में रिपोर्ट तो लिखवा ही दो।'' मन में हज़ारों अच्छी; बुरी आशंकाएँ लेते हुए जैसे ही अंजू पुलिस स्टेशन जाने के लिये घर से निकलने लगी, उसके फोन की घण्टी बज उठी फोन किसी अन्जान नम्बर से था,

''हैलो।'' ''हैलो मेम; क्या आप राहुल की मम्मी बोल रही हैं?''

“जी।”

“मैं सिटी अस्पताल से बोल रहा हूँ क्या आप यहाँ आ सकती हैं।”

“क्या हुआ सब ठीक तो है न”

“नहीं मैम आपके बेटे का एक्सिडेंट हो गया है।”

“एक्सिडेंट?” “जी, आपका बेटा शराब के नशे में गाड़ी चला रहा था।

“वो ठीक तो है न?” अंजू के पूछते ही,

“जी नहीं, वो अब नहीं रहा।” इतना सुनते ही अंजू का पूरा शरीर काँपने लगा, उसके कदम उठ ही नहीं रहे थे... लेकिन अस्पताल जाना भी ज़रूरी था।

19

इंसानियत का फ़र्ज़

"नीरज! वक्त क्या हुआ है?"

"नौ बजे हैं।"

"हे भगवान! आज फिर देर हो गयी।" सोनल ने घबराते हुए कहा।

"इसमें बेचारे भगवान की क्या ग़लती है, जिसकी ग़लती है उससे तो तुम कुछ कहती नहीं।"

"कुछ कहने के लिये उसे यहाँ होना भी तो चाहिए।"

"वैसे रमा को हुआ क्या है सोनल?"

"मुझे तो कुछ भी समझ नहीं आ रहा नीरज; रमा पिछले एक हफ़्ते से काम पर नहीं आ रही है? और न ही मेरा फोन उठा रही हैं, उसके बारे में कुछ पता भी चले तो कैसे।"

"इसका मतलब तुम आज भी काम पर नहीं जा रही हो!"

"हाँ, बच्चों को घर पर अकेला भी तो नहीं छोड़ सकते।"

"चलो ठीक है मैं चलता हूँ, शाम को मिलते हैं।" ऐसा कहते हुए नीरज घर से निकल गया और सोनल घर के कामों में व्यस्त हो गयी।

शाम के चार बजे थे। अचानक से घर की घण्टी बजी। सोनल ने दरवाज़ा खोला तो सामने रमा खड़ी थीं और उसको देखते ही सोनल का पारा सातवें आसमान पर पहुँच गया।

"शर्म नहीं आती है तुम्हें बिना बताए एक हफ़्ते से काम पर नहीं आ रही हो और मेरा फोन भी नहीं उठा रही हो; ग़लती मेरी ही है मैंने ही तुम्हें सिर पर चढ़ा रखा है, अब बुत बनकर खड़ी क्यों हो कुछ बोलतीं क्यों नहीं।" सोनल ने ग़ुस्से में कहा और उसके ऐसा कहते ही रमा दहाड़े मार-मारकर रोने लगी

"अरे क्या हुआ तुम रोने क्यों लगीं" "मेमसाब मेरा पति अब इस दुनिया में नहीं रहा।"

"हे भगवान! यह सब क्या हो गया, तुम तो कह रही थी कि उसकी तबीयत अब ठीक है, फिर अचानक से क्या हुआ?"

"मेमसाब वो पिछले हफ़्ते उसकी तबीयत खराब होने लगी। अस्पताल लेकर गये तो डाक्टर ने जवाब दे दिया, अब मेरा और मेरे बच्चों का क्या होगा।" रमा रोये जा रही थी।

"रमा मुझे माफ़ करना मैंने न जाने तुम्हें क्या-क्या सुना दिया।"

"ऐसा मत बोलिए मेमसाब इसमें आपकी क्या ग़लती है।"

"रमा तुमने कुछ खाया? चाय पियोगी। अच्छा तुम बैठो मैं तुम्हारे लिए कुछ लेकर आती हूँ।" ऐसा कहते हुए सोनल रसोई-घर की तरफ चली गयी और कुछ देर बाद रमा भी वहाँ आ गयी

"मेमसाब मैं दो-तीन दिन में काम पर आने लगूँगी।"

"हाँ-हाँ कोई बात नहीं आराम से आ जाना।" ऐसा कहते हुए सोनल ने रमा को नाश्ता दिया और कुछ रुपये भी,

"यह रख लो तुम्हारी कुछ मदद हो जाएगी।"

"धन्यवाद मेमसाब आप बहुत अच्छी है" ऐसा कहते ही रमा ने नाश्ता किया और वापिस चली गयी। कई हफ़्तों तक रमा काम पर नहीं आयी सोनल भी उसका इंतज़ार कर-करके परेशान हो गयी और आख़िर में उसने नयी नौकरानी रख ली। अभी उसे आए कुछ ही दिन हुए थे कि अचानक से एक दिन घर की घण्टी बजी।

"सरला देखना कौन है।" अन्दर से सोनल ने अपनी नयी नौकरानी को आवाज़ लगाकर कहा।

“जी मेमसाब।” ऐसा कहते हुए सरला ने जैसे ही दरवाज़ा खोला तो सामने रमा खड़ी थी। इतने में सोनल भी बाहर आ गयी और सामने लाल जोड़े में खड़ी रमा को अचरच से देखने लगी।

“लीजिए मेमसाब मिठाई खाइए मैंने शादी कर ली है।”

“शादी। लेकिन अभी तो तुम्हारे पति को गुज़रे हुए दो महीने भी नहीं हुए।” सोनल ने हैरानी से पूछा।

“हाँ मेमसाब लेकिन मैं उसके लिए ज़िन्दगी भर रोती तो नहीं रहूँगी न, वैसे भी यह वाला ज़्यादा अच्छा है मेरा बहुत ख्याल रखता है, रोज गजरा भी लाकर देता है, लीजिए मेमसाब मिठाई।” रमा के चेहरे पर मुस्कान थी,

“तुम ख़ुश हो?” सोनल ने मिठाई लेते हुए पूछा।

“हाँ मेमसाब बहुत” रमा की ख़ुशी का कोई ठिकाना ही नहीं था।

“और तुम्हारे बच्चे ख़ुश हैं।”

“मेमसाब वो तो गाँव में हैं अपने दादा-दादी के साथ... वो क्या है न मेरे इस पति ने शादी इसी शर्त पर की है कि बच्चे हमारे साथ नहीं रहेंगे, लेकिन मैंने सोचा है कुछ दिनों में उसको समझा-बुझाकर बच्चों को अपने पास बुला लूँगी, फिर हम सब आराम से रहेंगे।”

“तुम्हारा ये वाला पति काम क्या करता है?”

“मेमसाब वो बाजार में सब्ज़ी का ठेला लगाता है।”

“चलो ठीक है तुम ख़ुश हो यही सबसे ज़्यादा महत्त्वपूर्ण है, लेकिन कोशिश करना बच्चों को जल्द से जल्द वापिस ले आओ।” सोनल के ऐसा कहते ही...

“अच्छा मेमसाब अब मैं चलती हूँ, आज वो घर जल्दी आएगा, हम फ़िल्म देखने जा रहे हैं।” रमा ने शरमाते हुए कहा।

“अच्छा ठीक है जाओ लेकिन मिलने के लिये आती रहना।” सोनल ने मुस्कुराते हुए रमा को विदा किया।

लगभग छह महीने बाद एक दिन अचानक बाजार में सोनल को रमा

दिखाई दी। बिखरे हुए बाल, फटी साड़ी... पागलों की तरह इधर-उधर घूम रही थी,

"रमा" सोनल ने आवाज लगायी। रमा ने पीछे मुड़कर देखा, लेकिन बिना रुके आगे बढ़ गयी।

"रमा रुको" सोनल ने पीछे से आकर रमा का हाथ पकड़ लिया।

"रमा ये क्या हाल बना रखा है तुमने, चलो मेरे साथ घर, बैठकर बात करेंगे।" रमा ने ना-नुकुर की, लेकिन सोनल उसे जबरन घर पर ले गयी,

"बैठो मैं तुम्हारे लिये कुछ खाने को लाती हूँ।" ऐसा कहते हुए सोनल रसोई-घर की तरफ़ जाने लगी, लेकिन रमा ने रोक लिया।

"क्या हुआ रमा" सोनल के ऐसा बोलते ही रमा फूट-फूटकर रोने लगी। सोनल ने उसे सँभाला पानी पीने के लिए दिया। फिर पूछा

"अब बताओ रमा क्या हुआ है, तुम्हारा ये हाल किसने बनाया?"

"मेमसाब मेरे पति ने मुझे धोखा दिया; वो पहले से ही शादीशुदा था, उसकी बीवी गाँव में रहती है, तीन बच्चे भी हैं।" रमा ने रोते हुए बताया,

"लेकिन उसने ऐसा किया ही क्यों, जब पहले से ही शादीशुदा था तो तुमसे शादी क्यों की और तुमने उसकी शिकायत क्यों नही की?" सोनल ने आश्चर्य से पूछा।

"मैं ग़रीब कर भी क्या सकती हूँ मेमसाब और ग़लती मेरी भी तो है उसके प्यार में ऐसी पागल हुई कि कुछ पूछताछ ही नहीं की।"

"लेकिन वो भी तो बता सकता था कि वो शादीशुदा है।"

"मेमसाब वो मेरा फ़ायदा उठाना चाहता था; अगर वो मुझे सच बता देता तो मैं उसके पास ही क्यों जाती।"

"तुम्हारे बच्चे कहाँ हैं?" सोनल के पूछते ही रमा की आँखों से आँसू बहने लगे।

"मेमसाब वो गाँव में ही हैं, मेरे पास आने से मना कर दिया... कहते हैं जब हमारी ज़रूरत नहीं थी तो गाँव में छोड़ दिया, अब ज़रूरत है तो पास बुला रही

हैं, वो दोनों मुझसे नफ़रत करते हैं मेमसाब, मेरा इस दुनिया में कोई नहीं है, मैं बिलकुल अकेली हो गयी हूँ।'' ऐसा कहते ही रमा दहाड़े मार-मारकर रोने लगी। सोनल ने उसको सांत्वना दी और अपने कमरे में चली गयी एवं कुछ देर बाद बाहर आकर,

''यह लो कुछ रुपये, अपने लिये अच्छे से कपड़े बनवा लेना, इतवार को गाँव चलेंगे तुम्हारे बच्चों को वापिस लाने के लिये।'' सोनल के ऐसा कहते ही,

''लेकिन मेमसाब वो दोनों मुझसे बात भी नहीं करना चाहते'' रमा ने रुआँसा होते हुए कहा।

''वो आएँगे भी और तुमसे बात भी करेंगे, मैं भी देखती हूँ कब तक नाराज़ रहते हैं... और हाँ आज के बाद कभी भी अपने आपको अकेला मत कहना।'' सोनल की ओर से सकारात्मक बातें सुन रमा में भी हिम्मत आ गयी और वो ख़ुशी-ख़ुशी वापिस चली गयी।

शाम को सोनल के पति नीरज के ऑफ़िस से वापिस आते ही,

''नीरज! मुझे तुम्हारी मदद चाहिए।''

''मेरी मदद... धन्य भाग हमारे कि सरकार को हमारी मदद चाहिए; वैसे क्या ये नाचीज़ जान सकता है कि हज़ूर की क्या मदद करनी है।''

''अब मजाक़ छोड़ो और मेरी बात सुनो।'' ऐसा कह सोनल ने रमा वाली सारी बात नीरज को बता दी।

''सोनल क्या तुम्हें सही में लगता है कि हमें इन सब बातों में पड़ना चाहिए... कल को कही लेने के देने पड़ गये तो।'' नीरज ने सोनल को समझाते हुए कहा,

''मैं नहीं जानती कि जो मैं करने जा रही हूँ वो सही है या गलत; मुझे तो सिर्फ इतना पता है कि इंसानियत के नाते हमें रमा की मदद करनी है। नीरज! रमा से ग़लती हुई है, ग़लती उसने अपने लिए दूसरा जीवनसाथी ढूँढकर या अपने लिए खुशियाँ ढूँढकर नहीं की, बल्कि पुराने रिश्तों को ठुकरा कर की है। वो प्यार में इस कदर पागल हो गयी कि उसने अपने बच्चों की भावनाओं की भी कदर नहीं की। लेकिन अब उसे अपनी ग़लती का एहसास है और यही बात हमें उसके बच्चों को समझानी है। हमे रमा को उसके बच्चों से वापिस मिलाना है,

क्या तुम मेरे साथ हो?'' सोनल ने नीरज की तरफ एक उम्मीद से देखा।

''हाँ मैं तुम्हारे साथ हूँ, चलते हैं इतवार को मिशन, बच्चों को वापिस लाने'' नीरज के ऐसा कहते ही सोनल की आँखों में चमक आ गयी। चमक थी कुछ अच्छा करने की, बिछड़े हुए परिवार को वापिस मिलाने की; इंसान होने के नाते इंसानियत का फ़र्ज़ निभाने की।

20

सच या झूठ

जबसे शादी हुई है, मेरा और मेरे पति का केवल एक ही सपना रहा है कि हमारा एक अपना घर हो। इसके लिए हम जितनी सम्भव हो सके बचत करते। लेकिन इस महँगाई के ज़माने में खुद का घर होना सपने जैसा लगता है। लेकिन ये भी कहा जाता है कि उम्मीद पर ही दुनिया क़ायम है और अपना घर हो ये उम्मीद हमने कभी नहीं छोड़ी और एक दिन हमारा ये सपना भी पूरा भी हुआ। एक दिन अख़बार में इश्तेहार आया कि एक घर बिकाऊ हैं, लोकेशन भी अच्छी लगी, लेकिन दाम ज़रूर थोड़े ज्यादा लगे। फिर भी सोचा कि एक बार देखना तो बनता है। बस यही सोच मैं और मेरे पति एक नयी उम्मीद के साथ घर देखने चल पड़े। शायद किस्मत उस वक़्त हमारे साथ थी, इसलिए वो घर हम ख़रीद पाये और हमारा सपना पूरा हुआ और जल्द ही हम उस घर में शिफ़्ट भी हो गये। बस इसी ख़ुशी को बाँटने के लिये हमने नये घर में एक छोटी-सी पार्टी रखी, जिसमे कुछ मेरे रिश्तेदार और दोस्त शामिल हुए तो कुछ मेरे पति के। पार्टी रात भर चली। सुबह तक तो हमारा थककर बुरा हाल हो गया और इसी थकान की वजह से सुबह होते-होते हमें नींद आ गयी।

जब नींद खुली तो दोपहर का एक बज चुका था, लेकिन थकान की वजह से बिस्तर छोडने का मन ही नहीं कर रहा था। इतने में ही दरवाज़े पे लगी घण्टी बज उठी।

"सुशांत! देखना कौन आया है।"

"मैं क्यों देखूँ तुम देखो।" ऐसा कहते ही मेरे पति सुशांत दूसरी ओर करवट लेकर सो गये। मैं समझ गयी कि अब ये तो उठकर जाने वाले नहीं हैं

इसलिए मुझे ही जाना पड़ा। देखा तो दरवाज़े पर एक सत्तर-पचहत्तर साल की बुज़ुर्ग महिला खड़ी हुई थी।

“कहिए किससे मिलना है?” मेरे पूछते ही वो महिला मेरी ओर उम्मीद भरी नज़रों से देखने लगी।

“बेटा कुछ काम मिलेगा?”

“काम... मैं कुछ समझी नहीं, किस काम की बात कर रहीं हैं आप?”

“कुछ भी जैसे कि घर की साफ़-सफ़ाई, बर्तन, कपड़े सब कर सकती हूँ मैं।” वो महिला बोलती जा रही थी और मैं उसे आश्चर्य से देखती जा रही थी। देखिए आण्टी हम आपको काम पर नहीं रख सकते हैं और आप इस उम्र में काम कर क्यों रही हैं, आपके परिवार वालों ने आपको काम पर आने से रोका क्यों नहीं?”

“बेटा अब काम करने की भी कोई उम्र होती है क्या।”

“आप कुछ भी कहें लेकिन मैं आपको काम पर नहीं रख सकती।” ऐसा कहते ही मैं दरवाज़ा बंद करके अंदर आ गयी।

“क्या हुआ कौन आया था शिखा?” सुशांत के पूछते ही,

“अरे कोई औरत थी, घर का काम करने के लिये कह रही थी”

“कैसा काम?” “यही झाड़ू-पोंछा, बर्तन, कपड़े।” मेरे कहते ही यकायक सुशांत चिल्लाते हुए बोले,

“हाँ तो रख लेती न, हमें कामवाली की ज़रूरत तो है न, अब सामने से आयी है तो तुमने उसे वापिस भेज दिया।”

“सुशांत वो औरत सत्तर साल की थी और इतनी बूढ़ी औरत से मैं काम नहीं करवा सकती।” न चाहते हुए भी मेरी आवाज़ कुछ तेज़ हो गयी।

“तो इसमें चिल्ला क्यों रही हो, मुझे क्या पता था कि वो औरत इतनी बूढ़ी है।”

“सॉरी, वो मैं चिल्लाना नहीं चाहती थी, खैर बताओ कि लंच में क्या खाओगे?”

“लंच... क्या आज नाश्ता बनाने का मूड नहीं है शिखा मैडम?”

“सुशांत टाइम देखा है तुमने, दिन का डेढ़ बज रहा है।”

“क्या डेढ़ बज गया!” “हाँ पतिदेव अब डिनर टाइम हो उससे पहले बता दो कि लंच में क्या खाओगे।”

“अरे कुछ बनाने की क्या ज़रूरत हैं, पार्टी का खाना बच रहा होगा न, बस वही गरम करके खा लेंगे” मुझे भी सुशांत की बात ठीक लगी और हमने पार्टी का बचा हुआ खाना ही गरम करके खा लिया। फिर बाक़ी का दिन घर का सामान जमाने और इधर-उधर की बातों में कुछ ऐसा गुज़रा कि वक़्त का पता ही नहीं चला।

“सुशांत रात के बारह बज रहे है अब सो जाते हैं कल ऑफ़िस भी जाना है।”

“हाँ ये ठीक रहेगा वैसे भी ये घर जमाने का काम एक दिन का तो है नहीं।” सच पूछा जाये तो सुशांत और मैं अपना नया घर मिलने से इतना ख़ुश हैं कि हम पूरा वक़्त बस घर के बारे में ही बात करना चाहते हैं।

“जानती हो शिखा, मुझे तो विश्वास ही नहीं हो रहा है कि अब हमारा ख़ुद का एक घर है, ऐसा लग रहा है कि जैसे कोई सपना देख रहा हूँ।”

“हाँ सुशांत हाल तो कुछ मेरा भी ऐसा ही है, लेकिन यक़ीन तो करना ही होगा।” और नये घर के बोर में बातें करते हुए न जाने हम कब सो गये। स ु ब ा ह डोर-बेल की आवाज़ सुन अचानक से मेरी नींद खुली।

“ये सुबह-सुबह कौन आ गया।” बड़बड़ाती हुई मैं दरवाज़ा खोलने चल पड़ी। दरवाज़ा खोलकर देखा तो सामने वही बुज़ुर्ग महिला खड़ी हुई थी जो एक दिन पहले आयी थी।

“आंटी आप आज फिर, मैंने कल बोला था न आपको कि हम आपको काम पर नहीं रख सकते।”

“कौन है शिखा।” इतने में ही वहाँ सुशांत भी आ गये,

“सुशांत ये वही हैं जो कल आई थीं; मैंने बताया था न तुम्हे इनके बारे में।”

“हाँ, लेकिन आज ये वापिस क्यों आ गयीं, कल तुमने इनसे काम करवाने के लिये मना तो कर दिया था।” मैं कुछ कहती इससे पहले ही वो महिला बोल पड़ी।

“बेटा अगर तुम मुझसे कोई काम नहीं करवाना चाहते हो तो कोई बात नहीं, लेकिन इस बात की इजाज़त दे दो कि मैं रोज़ाना कुछ वक़्त यहाँ इस घर के बाहर गुज़ार सकूँ।” उस महिला के ऐसा कहते ही मैं और सुशांत एक दूसरे की ओर आश्चर्य से देखने लगे।

“क्या हुआ बेटा, क्या सोचने लगे; क्या तुम दोनों को मेरा कुछ वक़्त भी यहाँ गुज़ारना मंज़ूर नहीं है क्या।”

“नहीं आण्टी ऐसी कोई बात नहीं है लेकिन...” मेरे कहते ही,

“जानती हूँ बेटा आजकल ज़माना बहुत खराब है और ऐसे में तुम मेरा विश्वास क्यों करोगे, लेकिन मेरा यक़ीन करो मेरी वजह से तुम्हें कोई नुक़सान नहीं होगा।”

“आण्टी एक बात पूँछू आपको इसी घर के बाहर क्यों बैठना है किसी और घर के बाहर क्यों नहीं?”

“क्योंकि इस घर में मेरी जान बसती है बेटा।”

‘मतलब!” मेरे और सुशांत के मुँह से एक साथ निकला!

“मतलब ये है कि ये घर मेरा था।”

“आपका!” हमें उस महिला के हालात देख उसकी बातों पर विश्वास ही नहीं हुआ,

“हाँ बेटा ये मेरे जीवन की एक दर्दभरी कहानी हैं” ऐसा कहते ही उस महिला की आँखें भर आयी।

“कैसी कहानी आण्टी हमें भी बताइए” मुझे अब सबकुछ जानने की उत्सुकता होने लगी।

“बेटा क्या एक गिलास पानी मिलेगा।”

“हाँ-हाँ आप बैठिए मैं अभी लेकर आयी।” ऐसा कहते ही मैं पानी लेने

अंदर चली गयी।

पानी पीने के बाद आण्टी ने जो कुछ भी हमसे कहा उसे सुन हम अंदर तक हिल गये।

"बेटा ये घर मेरे पति और मेरा सपना था; बहुत ही मेहनत से पैसा कमाकर हमने ये घर बनाया था और जबसे ये घर बना, हर ख़ुशी हमारे क़दम चूमने लगी। जानते हो ये घर हमारे लिए बहुत ही शुभ रहा... यहाँ आने के बाद मेरे पति की नौकरी में तरक़्क़ी हुई, हमारे तीन-तीन बेटे हुए... दुनिया की हर ख़ुशी थी हमारे क़दमों में। सच बताऊँ तो अपनी क़िस्मत पर मुझे कुछ हद तक घमण्ड भी था। लेकिन कहते हैं ना घमण्ड तो एक न एक दिन टूट ही जाता है और मेरे साथ भी कुछ ऐसा ही हुआ। बच्चे अभी स्कूल में ही पढ़ रहे थे कि एक सड़क दुर्घटना में मेरे पति की मौत हो गयी। अब अपने बच्चों की परवरिश करने के लिये मैं अकेली पड़ गयी थी। फिर भी मैंने हिम्मत नहीं हारी। अपना सारा ध्यान बस बच्चों की अच्छी परवरिश में ही लगा दिया; उनकी पढाई, खेल-कूद, हर ज़िम्मेदारी को दिल से निभाने की कोशिश की। समय गुज़रता रहा और बच्चे बढ़े होते रहे, और वो वक़्त भी आ गया जब बच्चे अपने-अपने पैरों पर खड़े हो गये... सबकी अच्छी से अच्छी कम्पनियों में नौकरी लग गयी। सब कुछ सही चलने लगा। जानते हो बेटा, मेरे तीनों बेटों की शादी के लिये भी मुझे मशक़्क़त नहीं करनी पड़ी।"

"क्यों क्या आपके बच्चों ने शादी नहीं की क्या?"

"अरे नहीं नहीं बेटा ऐसी कोई बात नहीं है बल्कि मेरे तीनों बच्चों ने लव-मैरेज की हैं वो भी घर से भागकर। मैं उनकी शादी की चिंता करती उससे पहले ही वो शादी कर बहू घर में ले आये।" ऐसा कहते हुए आण्टी के होंठों पे मुस्कुराहट आ गयी।

"फिर क्या हुआ आण्टी" मेरे पूछते ही,

"फिर न जाने किसकी नज़र लग गयी हमारी ख़ुशियों को; मेरे बेटों ने मुझसे बिना पूछे ही ये घर बेचने का फैसला कर विदेश जाकर बसने का मन बना लिया... जानते हो तुम, मैं अपने बेटों के इस फैसले में भी उनके साथ थी; उनकी ख़ुशी के लिये ये घर बेचने को तैयार भी हो गयी। फिर तुम लोग आये, घर बेचने की सारी कार्यवाही पूरी हुई, घर बेच दिया गया और मेरे तीनों बेटे अपनी-अपनी

पत्नियों के साथ विदेश रवाना हो गये।'' ऐसा कहते ही आण्टी एकदम से चुप हो गयीं और ये चुप्पी वहाँ कुछ देर तक छायी रही, फिर अचानक से सुशांत ने पूछा,

''लेकिन आण्टी आप उनके साथ क्यों नहीं गयीं?''

''वो लेकर ही नहीं गये।'' आण्टी ने एक लम्बी साँस लेते हुए जवाब दिया।

''हम कुछ समझे नहीं।'' मैंने आण्टी की ओर आश्चर्य से देखते हुए पूछा।

''समझी तो मैं भी कुछ नहीं बेटा कि मेरे बेटों ने मेरे साथ ऐसा क्यों किया।''

''क्या किया आपको बेटों ने?'' मेरे पूछते ही,

''विदेश जाते-जाते मुझे यहीं छोड़ गये और ये भी कह गये कि मैं अपने रहने का इंतज़ाम ख़ुद ही कहीं कर लूँ; बस तबसे ही दर-दर की ठोकरें खा रही हूँ।'' ऐसा कहते ही आण्टी की आँखों से आँसू बहने लगे।

आण्टी की कहानी सुन हम दोनों को समझ ही नहीं आ रहा कि क्या कहें। उनकी कहानी में कितनी सच्चाई है और कितना झूठ, कुछ भी तो नहीं पता था हमें... लेकिन ये बात पक्की थी कि आण्टी सच बोल रही हैं तो भी बहुत दुःख की बात है और अगर झूठ बोल रही हैं तो भी बहुत दुःख की बात है।

21

कैसी है ये दोस्ती

अमित और वरुण बचपन के बहुत ही अच्छे दोस्त हैं। उनकी दोस्ती इस कदर गहरी है कि वो बिन कहे ही एक-दूसरे के मन की बात समझ जाते हैं और एक-दूसरे की मदद के लिए हर वक़्त हाज़िर रहते हैं... यहाँ तक कि उनके जान-पहचान वालों में तो उनकी दोस्ती की मिसाल भी दी जाती है। वैसे तो अब दोनों की ही शादी हो चुकी है, दोनों के दो-दो बच्चे भी हैं, लेकिन इनकी दोस्ती में किसी प्रकार की कोई कमी नहीं आयी है और ये बात इन दोनों की पत्नियाँ व बच्चे अच्छी तरह से समझ भी गये हैं। एक दिन,

"आरती! मैं आज ऑफ़िस से वापिस आते वक़्त वरुण से मिलता हुआ आऊँगा, पिछले कई दिनों से उसे फोन करने की कोशिश कर रहा हूँ वो फोन ही नहीं उठा रहा, मुझे अब उसकी चिंता हो रही है; एक बार उसे देख लूँगा तो मन को शान्ति मिलेगी, वैसे भी न जाने क्यों अजीब सी घबराहट हो रही है, ऐसा लग रहा है जैसे की मेरे दोस्त के साथ कुछ ग़लत हो रहा है।" अमित के अपनी पत्नी आरती से कहते ही,

"लेकिन बच्चों के लिए कुछ मिठाई व फल वग़ैरह ले जाना उन्हें अच्छा लगेगा।"

"हाँ ठीक है।" ऐसा कह अमित ऑफ़िस के लिये निकल गया।

शाम को जब वो वरुण के यहाँ पहुँचा तो घर पर ताला लगा हुआ था। ताला लगा देख अमित ने वरुण को फोन लगाया, लेकिन फोन स्विच-ऑफ था। वरुण की पत्नी निशा को भी फोन किया लेकिन वो फोन ही नहीं उठा रही थी। अमित को अब घबराहट होने लगी, बुरे-बुरे ख़याल ज़ेहन में आने लगे। इतने में ही वहाँ

वरुण के पड़ोसी शर्मा जी आ गये।

"अरे अमित जी आप यहाँ कैसे!"

"नमस्ते शर्मा जी, क्या आप जानते हैं वरुण कहाँ गया हुआ है?"

"अरे क्या आपको कुछ नहीं पता?"

"क्या नहीं पता, मैं कुछ समझा नहीं।" अमित ने आश्चर्य से पूछा,

"अमित जी, वरुण तो अस्पताल में भर्ती हैं।"

"क्या! ये आप क्या बोल रहें हैं; लेकिन उसे हुआ क्या है?"

"अमित जी बहुत दुःख की बात है वरुण की दोनों किडनियाँ फेल हो चुकी हैं, वो डायलिसिस पर हैं... लेकिन मुझे आश्चर्य तो इस बात का हैं कि इस बारें में आपको कैसे नहीं पता।"

"क्या ये आप क्या कह रहे हैं।" अमित को शर्मा जी की कही बात पर विश्वास ही नहीं हुआ और यकायक ही उसकी आँखें भर आयीं।

"शर्मा जी क्या आप बता सकते हैं कि वो कौन-से अस्पताल में है?"

"जी वो अपोलो हॉस्पिटल में एडमिट हैं।"

"जी धन्यवाद।" शर्मा जी से अस्पताल का नाम जान अमित तुरंत वहाँ से अस्पताल के लिये रवाना हो गया। कुछ ही देर बाद अमित जब अस्पताल पहुँचा तो निशा उसे अस्पताल के गेट पर ही मिल गयी।

"निशा भाभी आप दोनों ने तो मुझे पराया ही कर दिया, अरे ऐसी क्या ग़लती हो गयी थी मुझसे जो आप दोनों ने मुझसे इतनी बड़ी बात छुपा ली।"

"हमें माफ़ कर दीजिए भैया, लेकिन वरुण नहीं चाहते है कि आपको उनकी तबीयत के बारे में कुछ भी पता चले। दरअसल भैया वो आपको दुःखी नहीं करना चाहते।"

"और ख़ुद तक़लीफ़ में है उसका क्या, मुझे अभी उससे मिलना है।"

"भैया वो तो सो रहे हैं, उनके सोने के बाद ही मैं यहाँ पास के मेडिकल-स्टोर से दवा लाने गयी थी।"

“और बच्चे, वो कहाँ हैं?”

“अपनी नानी के पास।”

“अब पता चला भाभी कि आप लोग तो मुझे अपना मानते ही नहीं हो।”

“नहीं भैया ऐसी कोई बात नहीं है, आप गलत समझ रहे हैं।”

“वैसे डॉक्टर ने क्या कहा?”

“किडनी बदलवानी पड़ेगी; लेकिन ये इतना आसान भी नहीं है... पहली बात तो डोनर मिलना ही मुश्किल है और अगर मिल भी जाए तो उसका ब्लड-ग्रुप और दूसरी चीजें मिलना मुश्किल है।”

“नहीं भाभी ऐसा मत बोलिए, कम से कम अपने विचार तो सकारात्मक रखिए।”

“जी भैया।”

“भाभी मुझे डॉक्टर से मिलना है, क्या आप बता सकती हैं कि वो इस समय कहाँ मिलेंगे।” और निशा, अमित को डॉक्टर के केबिन के बाहर छोड़ खुद वरुण के पास चली गयी।

“नमस्ते डॉक्टर साहब! मैं अमित, आपके पेशेण्ट वरुण का दोस्त।”

“ओह! वो किडनी फेलिअर केस?”

“जी।”

“कहिए मैं क्या मदद कर सकता हूँ आपकी?”

“डॉक्टर साहब मैं वरुण को अपनी किडनी देना चाहता हूँ।”

“देखिए जनाब आप जितना समझ रहे हैं ये उतना आसान नहीं है, इसके लिये हमें आपके कुछ टेस्ट करने होंगे, क्या आप इन सब बातों के लिये तैयार है।”

“डॉक्टर साहब आपको जो करना है कीजिए, मैं सारे टेस्ट करवाने के लिये तैयार हूँ, आप तो बस मेरे दोस्त की जान बचा लीजिए।”

“ठीक है, तो हमें जल्द से जल्द ही आपके टेस्ट शुरू करने होंगे; ऐसा

कीजिए आप कल ही आ जाइए।''

''जी, लेकिन डॉक्टर साहब प्लीज आप इस बारे में किसी को भी मत बताइएगा, वरुण के परिवारवालों को भी नहीं।''

''हमारी ओर से आप निश्चिंत रहिए अमित जी।'' डॉक्टर द्वारा आश्वासन देते ही अमित, डॉक्टर के केबिन से निकल वरुण के कमरे में आ गया जहाँ निशा कोई धार्मिक किताब पढ़ रही है।

''भाभी मैं अभी तो घर जा रहा हूँ, घण्टे-दो-घण्टे में वापिस आता हूँ फिर आप घर चले जाना।''

''लेकिन भैया आप क्यों तकलीफ़ करते हैं, मेरे घर से या वरुण के घर से कोई न कोई रात को सोने के लिये आ ही जाएगा।''

''भाभी एक तो आपने पहले मुझे कुछ बताया नहीं, अब कम से कम ये हक़ तो मत छीनिए।''

''सॉरी भैया, रात को रुकने के लिये आप आ जाना मैं आपका इंतज़ार करूँगी'' अमित घर के लिये रवाना हो गया लेकिन पूरे रास्ते वो बस वरुण के बारे में ही सोचता रहा।

''अरे आ गये आप, कितनी देर लगा दी आपने, मैंने आपको कितने फोन किये, आपका फोन स्विच-ऑफ आ रहा है, निशा भी फोन नहीं उठा रही, सब ठीक है न वरुण भैया के यहाँ?'' अमित को देखते ही आरती ने उस पर सवालों की बौछार कर दी।

''अंदर चलो सब बताता हूँ, लेकिन इससे पहले एक गिलास पानी दे दो बहुत प्यास लगी है।'' अमित के हावभाव देख आरती इतना तो समझ ही चुकी थी कि ख़बर अच्छी नहीं है।

''जल्दी बताइए क्या हुआ है मुझे बहुत घबराहट हो रही है।'' आरती ने जैसे ही अमित के हाथों में पानी का गिलास देते हुए कहा तो अमित फूट-फूटकर रोने लगा, जिसे देख आरती की घबराहट और बढ़ गयी। लेकिन अमित ने खुद को सँभाला और आरती को विस्तार से सबकुछ बता दिया। उसके बाद कमरे में कुछ देर तक अजीब-सा सन्नाटा छाया रहा। लेकिन कुछ देर बाद,

“आरती मैंने वरुण को अपनी किडनी देने का फ़ैसला किया है तुम्हें कोई ऐतराज तो नहीं है न?”

“नहीं, बल्कि मुझे तुम पर गर्व हैं अमित, जानते हो आज के ज़माने में सुख में तो सब आपका साथ देते हैं लेकिन दुःख में दूर-दूर तक कोई नज़र नहीं आता... ऐसे में मेरा पति अपने दोस्त की मदद ही नहीं करना चाहता बल्कि उसके लिए अपने शरीर का एक अंग तक देने को तैयार है, ये बात मेरे लिए गर्व की है और उससे भी बड़ी गर्व की बात ये है कि तुम मेरे पति हो।” ऐसा कहते ही आरती ने अमित को अपने गले से लगा लिया। उसके बाद दोनों के बीच इस बारे में कोई बात नहीं हुई और कुछ ही देर में अमित खाना खाकर वापिस हॉस्पिटल के लिए रवाना हो गया।

उस पूरी रात अमित की आँखों में नींद नहीं थी। वो बस वरुण को ही देखे जा रहा था और उसके साथ बिताये पलों को याद करता जा रहा था। बीते हुए पलों को याद करते-करते कब सुबह हो गयी पता ही नहीं चला।

“हेल्लो अमित जी! गुड मॉर्निंग, कैसे हैं आप?”

“डॉक्टर साहब आप। गुड मॉर्निंग, मैं ठीक हूँ।”

“हाँ तो याद हैं न आज आपके टेस्ट हैं?”

“जी मैं तैयार हूँ।”

“सिस्टर इन्हें अपने साथ ले जाओ।” डॉक्टर साहब ने अपने साथ आयी नर्स से कहा और अमित नर्स के पीछे-पीछे चल दिया। लेकिन इससे पहले उसने आरती को फोन कर हॉस्पिटल बुला लिया और निशा को आने के लिये मना कर दिया। अमित के सभी टेस्ट किये गये और कुछ ही दिनों में उसकी रिपोर्ट्स भी आ गयीं। ख़ुशी की बात ये थी कि सब कुछ पॉजिटिव था। अमित अब अपनी किडनी वरुण को दे सकता था और सबसे बड़ी बात उसने और आरती ने निशा को इन सब बातों की भनक भी नहीं लगने दी।

“नमस्ते मिसेज निशा!”

“नमस्ते डॉक्टर साहब।”

“आपके लिए एक ख़ुशख़बरी है।”

“क्या ख़ुशख़बरी, क्या वरुण के लिए डोनर मिल गया?”

“जी हाँ बिलकुल, बधाई हो आपको, अब जल्द से जल्द हम आपके पति का ऑपरेशन कर देंगे।”

“डॉक्टर साहब क्या मैं एक बार उस डोनर से मिल सकती हूँ?”

“जी नहीं; माफ़ कीजिए निशा जी लेकिन क़ायदे से डोनर को गुप्त रखा जाता है इसलिए मैं आपको डोनर के बारे में कुछ नहीं बता सकता।”

“जी कोई बात नहीं, आप बस मेरी तरफ़ से उनका धन्यवाद कर दीजिएगा और कह दीजिएगा कि हम उनका ये एहसान कभी नहीं भूलेंगे।”

“जी बिलकुल”

“निशा जी हम अगले हफ़्ते ही वरुण का ऑपरेशन कर देंगे।”

“धन्यवाद डॉक्टर साहब।” और यकायक ही निशा की आँखों में आँसू आ गये। लेकिन ये ख़ुशी के आँसू थे और ये ख़ुशी वो जल्द से जल्द अपने परिवार के साथ बाँटना चाहती थी, ख़ासकर अमित और आरती के साथ। लेकिन जब उसने ये बात अमित को बतायी तो,

“ये क्या कह रही हो भाभी आप, अगले हफ़्ते वरुण का ऑपरेशन है... ये बहुत ख़ुशी की बात है, लेकिन मुझे माफ़ करना आप, क्योंकि उस वक़्त मैं आप लोगों के साथ नहीं रह पाऊँगा”

“क्यों भैया क्या हुआ; आपकी जान से भी प्यारे आपके दोस्त का ऑपरेशन है और आप यहाँ नहीं होंगे ऐसा कैसे हो सकता है।”

“भाभी दरअसल मुझे कम्पनी के काम से कुछ महीनों के लिये विदेश जाना होगा।”

“आप कम्पनी वालों को समझाइए कि वो आपकी जगह किसी ओर को भेज दें।”

“कहा था भाभी लेकिन वो कुछ सुनने को ही तैयार नहीं हैं।”

“ठीक हैं भैया अब मैं इसके आगे और क्या कहूँ।” इतना कहते ही निशा ने उदास होते हुए फोन रख दिया, लेकिन उसके चेहरे पर इस वक़्त उदासी से

ज़्यादा ख़ुशी के भाव थे क्योंकि अब उसका वरुण ठीक हो जाएगा।

सब कुछ अच्छा ही चल रहा है। तय तारीख़ के मुताबिक़ वरुण का ऑपरेशन हो गया। निशा और उसके परिवार की नज़रों में अमित विदेश गया हुआ है, जिस वजह से निशा अमित से कुछ हद् तक नाराज़ भी हैं, लेकिन ऑपरेशन के बाद जैसे ही वरुण को होश आया उसने सबसे पहले अमित को पुकारा... लेकिन जब निशा ने बताया कि वो तो विदेश गया हुआ है तो वरुण को विश्वास ही नहीं हुआ।

"निशा मुझे ये किडनी किसने दी है?"

"पता नहीं वरुण, डॉक्टर साहब का कहना है कि डोनर को गुप्त रखा जाता है।"

"निशा मुझे अभी डॉक्टर साहब से मिलना है।" वरुण को शायद कोई तकलीफ़ हो रही है ये सोच निशा तुरंत ही डॉक्टर साहब को बुला लायी।

"कहिए वरुण जी अब कैसा महसूस कर रहे हैं आप?" "डॉक्टर साहब अमित कैसा है"

"अमित? कौन अमित?" डॉक्टर साहब ने अंजान बनने की कोशिश करते हुए पूछा।

"वही मेरा दोस्त जिसने मुझे अपनी किडनी डोनेट की है।"

"ये आप क्या कह रहे हैं मैं कुछ समझा नहीं वरुण जी।"

"वरुण मैंने तुम्हें बताया था न कि अमित भैया तो विदेश गये हुए हैं।" इतने में ही निशा बीच में बोल पड़ी।

"नहीं निशा मेरा दोस्त यहीं है और ये किडनी उसी ने दी है, तुम चाहो तो आरती भाभी से पूछ लो।" फिर क्या था निशा ने तुरंत ही आरती को फोन लगा दिया।

"आरती मैं निशा बोल रही हूँ, आपसे एक बात पूछनी है लेकिन आपको बच्चों की क़सम आप जो कुछ बोलेंगी सच बोलेंगी।"

"ऐसा क्या पूछना चाहती हो आप मुझसे निशा।"

"क्या वरुण को किडनी अमित भैया ने दी है?" निशा का सवाल सुन आरती कुछ पल के लिये चुप हो गयी और इसी चुप्पी ने निशा के मन में शक डाल दिया।

"आपने अभी तक जवाब नहीं दिया आरती।"

"हाँ निशा, अमित ने ही वरुण भैया को अपनी किडनी डोनेट की है, लेकिन तुम मुझसे वादा करो कि ये बात अमित को कभी भी पता नहीं चलने दोगी कि तुम्हें सब कुछ पता है"

"वादा आरती मैं आपसे वादा करती हूँ कि अमित भैया को एहसास भी नही होने दूँगी कि उन्होंने हमारे लिए क्या किया है और सलाम है ऐसी दोस्ती को और ऐसे दोस्तों को... आरती लोग यूँ ही कहते हैं कि दुनिया में इंसानियत नहीं रही; कोई हमारे पास आकर देखो इंसानियत ही इंसानियत नज़र आएगी।" ऐसा कह निशा फोन रखकर भगवान से वरुण व अमित की दोस्ती की सलामती के लिये दुआ करने लगी।

www.ingramcontent.com/pod-product-compliance
Ingram Content Group UK Ltd.
Pitfield, Milton Keynes, MK11 3LW, UK
UKHW042105021026
15589UKWH00001B/188

9 789388 556194